GILDA PIERSANTI

MÉDÉES

roman

Postface par Aldo Naouri

LE PASSAGE

Couverture : Julien Levy

À Carla S., amie fidèle
À Ester D., amie fidèle et mère courage

Flavio Hadrianoque
quibus nullo modo mater timenda est

Le temps absolu, vrai et mathématique, qui est sans relation à quoi que ce soit d'extérieur, en lui-même et de par sa nature coule uniformément; on l'appelle aussi « durée ». Le temps relatif, apparent et vulgaire, est toute mesure sensible et externe – qui est précise ou non – de la durée et dont on se sert couramment à la place du temps vrai. Tels sont l'heure, le jour, le mois, l'année.

Isaac Newton, *De Philosophiae naturalis principia mathematica*, 1687

Longtemps après les faits, les habitants racontaient encore l'histoire. Bien des années passèrent, puis d'autres encore, et jamais le souvenir de ces faits extraordinaires ne s'effaçait de leur mémoire. Les nouvelles générations en entendaient des bribes dès le berceau, les anciennes continuaient d'en ressasser les détails à échéances irrégulières.

Cela s'était passé tellement vite que nous ne l'avions pas vu venir. Et pourtant, comme dans les maladies les plus sournoises, quelques symptômes s'étaient déclarés, que nous n'avions pas su lire. Nous les avions probablement sous-estimés. Que le pire ait pu être évité ou les dégâts contenus, nous ne le saurons jamais. Le mal, une fois produit, s'est confondu dans nos consciences avec la fatalité. Cela nous a soulagés un moment, mais n'a pu effacer, au plus profond de nous-mêmes, ce sentiment de culpabilité qui, s'il ne nous dévore pas complètement, nous consomme chaque jour, comme l'érosion des eaux use les pierres les plus dures.

L'écho des événements horribles qui venaient de se dérouler dans la capitale fut accompagné d'une pluie qu'aucun météorologue n'avait prévue. L'eau s'était mise à tomber par bourrasques, balayant les trottoirs ; une odeur inconnue avait accompagné ces tourbillons, retombés en fin de journée. La nuit, tout ce que la rage pluvieuse avait soulevé fut écrasé sur la chaussée par un vent inhabituellement chaud. Nombreux furent ceux qui se complurent à voir dans ce brusque retournement des choses le signe d'une rébellion de la nature. D'autres y virent la marque d'une punition divine.

Wer, wenn ich schriee,
hörte mich denn aus der Engel Ordnungen[1] ?

R. M. Rilke, *Duineser Elegien* (I, 1-2)

« Si tu te tiens tranquille, tu auras un cadeau », disait maman quand elle corrigeait les copies de ses élèves. « Quel cadeau ? » demandais-je alors. « Tu réponds toujours par une question ! se fâchait-elle en brandissant son crayon rouge. Quand tu seras grande, tu feras une bonne avocate ! »

Je suis devenue une excellente avocate. Je suis une excellente avocate accroupie à l'intérieur d'un placard fermé, au fond du très long couloir d'un appartement où n'habite plus âme qui vive. Si je me tiens tranquille, il ne me trouvera pas tout de suite. Il a oublié d'emporter ses clés, il vient d'appuyer sur la sonnette. Qu'il ne compte pas sur moi pour ouvrir ! Je veux l'emporter dans ma défaite, ne lui laisser aucune consolation, même pas celle de me

1. Qui donc, si je criais, m'entendrait depuis les rangées des anges ?

savoir coupable. Pourquoi frappe-t-il aussi fort contre la porte ? Il s'affole, il redoute quelque geste définitif, il craint pour ses enfants. L'ombre d'une catastrophe encore plus grande obscurcit sa raison. Mais voilà qu'il écarte ces pensées, il me veut tout entière à sa merci. Ce qu'il sait que j'ai accompli le remplit d'horreur, ce qu'il ne sait pas le poussera à la folie. Il ne me laissera jamais m'en sortir. Je ne veux pas m'en sortir, je veux l'entraîner dans ma chute. Je demande juste à faire de cette attente une digue contre la douleur. Je veux un délai.

Il ne faut pas que j'arrête de me parler, mes mots couvriront le bruit de ses coups sur la porte. J'ai appris toute petite à ne pas me laisser rattraper par les voix extérieures, à construire des bateaux de paroles. Et voilà qu'il recommence, il ne s'arrêtera donc jamais ? Va-t-il défoncer la porte lui-même ou appeler à l'aide ? Il me hait. Quand il me trouvera, il me massacrera. Il me coupera en morceaux avec le couteau à gigot, il m'arrachera les yeux, les dents une à une, la langue. Surtout la langue. On périt par là où l'on a péché. Si je me tiens tranquille, il ne me trouvera pas tout de suite.

J'ai dévissé toutes les ampoules, aucune lumière ne s'allume plus dans aucune des pièces du grand appartement où nous avons vécu dix ans de notre vie. Tous les rideaux sont tirés, le jour ne filtre nulle part, on peut croire que c'est déjà la nuit. Il fait nuit dans le placard fermé où je retiens mon souffle. Ses coups de poing sur la porte, je ne les entends plus, ou plutôt je n'entends plus que le silence qu'ils brisent chaque fois. Maintenant, les coups ne sont plus les mêmes, ils ont redoublé d'intensité, ce sont des coups de pied enragés. Il hurle mon nom comme une malédiction. Si je me parle sans laisser d'espaces entre les mots, je ne l'entendrai plus. À part moi, personne ne peut entendre ses cris. Nous habitons le neuvième étage, le dernier de l'immeuble, les deux étages d'en dessous sont occupés par des bureaux, vides le dimanche. Il fait presque bon être enfermée dans ce placard, mais je tremble, davantage de froid que de peur. Je parlais à ma petite chaise, quand ils dînaient à la maison avec des amis sans enfants ; je me glissais sous la table et voyais leurs jambes coupées. Le jeu, c'était de les recoller avec les têtes que je connaissais ou que je ne connaissais pas, et de deviner à qui était le genou homme qui touchait le genou femme ; ce n'était pas papa car maman ne portait pas d'escarpins rouges.

Les coups ont cessé, l'ascenseur descend les étages. Je devrais quitter ma cachette pour aller chercher un chandail dans la chambre. Je ne retournerai jamais dans cette chambre. Je mourrai de froid et de peur.

Deux petits garçons dans les bras de leur maman. Maman, qui a guidé ma main ?

Je suis une excellente avocate, le meilleur conseil en matière de divorce. J'ai aidé les couples à s'entretuer proprement, j'ai toujours protégé les enfants. J'ai protégé tous les enfants, sauf les miens. Et sauf la petite Cecilia. Il fallait accomplir ce qui devait être accompli, les choix sont souvent dictés par l'enchaînement des choses.

Il est parti. Il reviendra, c'est sûr, et il ne me lâchera plus. Je suis encore maître de mes membres, je peux leur ordonner de se porter jusqu'à l'entrée, avec un peu de chance j'arriverai à m'enfuir avant qu'il ne revienne. C'est illusoire, jamais je ne lui échapperai. Plus de salut pour moi, je suis sa proie. Je vais ôter ma jupe et la mettre sur mes épaules, le froid sera plus supportable. Je ne claque pas des dents ; j'ai toujours eu plus de résistance dans les jambes que dans les bras.

« Détends-toi, Francesca, tu es toujours à cran ! » « Maman, où sont les pommes ? Tu as dit que j'étais tombée dans les pommes. » « Tu es sauvée, ma fille, rien de mal ne t'arrivera. »

Rien de mal ne m'est arrivé, maman. Rien de mal n'est arrivé à mes deux petits garçons. Je les ai vus tout à l'heure sur le pas de la porte, mais ils n'étaient plus là quand je suis entrée dans le placard. Je devrais partir. Je vais fermer les yeux un moment, je suis fatiguée de scruter le noir.

J'aimais bien le matin, dans la voiture, au milieu des embouteillages, sur la route du travail, me laisser accompagner par la voix de Matthew Bellamy :

You could be my unintended
Choice to live my life extended
You should be the one I'll always love.

Ce coup-là ne ressemble pas aux autres, il est suivi de longs traits de silence. J'ouvre la porte du placard. Ce n'est pas du silence, ce sont de tout petits bruits à répétition. Je ne dois plus me parler maintenant, je dois écouter avec attention ce qu'il fabrique, suivre ses moindres gestes, il ne doit pas me cueillir par surprise. Il cherche à ouvrir, il a oublié ses clés, il est secoué de rage, mais il ne hurle plus. Il est descendu à la cave chercher un outil pour forcer la porte. Elle est blindée, il n'y arrivera pas, même à coups de hache. Que peut-il bien avoir trouvé ? Le délai qui m'a été accordé arrive à échéance, je devrais aller ouvrir la porte et me satisfaire d'une dernière image : ses yeux fous de vengeance et de douleur. J'ai peur qu'il ne me laisse pas le temps de m'en repaître. Je risque de me faire tuer tout de suite, avant même qu'il n'ait appris l'ampleur de ce que j'ai accompli. Il ne connaît qu'un visage du monstre, il ne sait pas que c'est le moins immonde.

Comment va-t-il me tuer ? Ira-t-il chercher le gros couteau dans la cuisine pour m'ouvrir la poitrine ? Me frappera-t-il à coups de poing et de pied ? Ses mains se refermeront-elles sur mon cou pour m'ôter le dernier souffle ? Ou bien sa rage le submergera-t-elle tellement qu'il s'abattra sur moi comme la foudre ?

Comment vais-je mourir, maman ?

Je ne suis plus dans le placard, je suis entrée dans son bureau et me tiens contre la vitre de la porte-fenêtre. Toujours ces petits bruits réguliers au fond du couloir, des raclements suivis de petites secousses de la porte. Que fait-il ? Il va bientôt forcer la serrure. L'odeur violente du jasmin explose sous mes narines, la terrasse s'épanouit à cette époque de l'année. La ville est belle, de notre petit jardin suspendu ! Il pleut de nouveau, une bruine légère que les fleurs accueillent avec grâce. Mais bien sûr ! Je sais ce qu'il est en train de faire, comme cette fois où nous avions oublié les clés à l'intérieur. Je dois me concentrer sur l'instant présent. Il est allé chercher une vieille radio à la cave. Probablement celle de son genou. Je ne dois pas penser aux radiographies des enfants, la clavicule déboîtée, la phalangine cassée. J'ai dissous mes souvenirs, je n'en laisserai aucun ressurgir en traître.

Où sont les enfants, maman ? Ils criaient contre moi tout à l'heure, à la porte de la chambre, mais ils n'étaient plus là quand je me suis cachée dans le placard.

Il fait glisser patiemment la radio entre la porte et le cadre, il cogne avec délicatesse contre le pêne pour l'obliger à reculer. Il pousse en même temps la porte pour ne pas rater le moment où le pêne se décidera enfin à rentrer dans la serrure. Je fais le guet dans son bureau, au fond du couloir, c'est un excellent poste de contrôle. Je tourne la poignée de la porte-fenêtre à l'instant exact où la porte d'entrée s'ouvre grand et claque contre le mur. L'air me remplit violemment les poumons, les gouttes glissent sur moi comme sur les fleurs. J'arrache la fleur blanche du jasmin, son parfum me revient de loin. J'entends enfin le hurlement animal. Je suis vengée.

Est-ce cela que j'ai cherché, la vengeance ?

Je ne le vois pas s'abattre sur moi, il a renversé des pots sur la terrasse, son visage m'est inconnu. Je sombre un instant dans la douleur, j'ai les bras tordus. Je ne dois pas avoir peur. Je sais ce qu'il va faire, c'est un soulagement et une invasion panique. Je me dis que s'il me soulève ainsi dans ses bras pour me projeter hors du nid, c'est parce qu'il sait que j'ai des ailes.

I
LE SILENCE

1.

La veille, en plein après-midi, Francesca pressait le pas pour atteindre sa PT Cruiser garée devant une étrange vitrine où des crabes de verre rouge grimpaient sur un rocher de lave noire. La Via Cola di Rienzo n'était plus qu'un capharnaüm aqueux. Gênant les automobilistes dans leurs manœuvres, la pluie tombait sans discontinuer depuis plusieurs heures. Dans sa précipitation, elle referma le parapluie quelques secondes trop tôt, le cuir de ses chaussures déjà mouillées s'imbiba un peu plus. Elle venait d'interrompre sa conversation téléphonique avec Clara Bonetti. Malgré l'envie d'en savoir plus sur les intentions de sa cliente, elle avait invoqué l'anniversaire de son fils pour quitter le cabinet plus tôt que d'habitude.

Ce n'était pas un dossier facile. Bien qu'elle n'ait eu de cesse de répéter au juge que la jeune femme était complètement guérie, Francesca redoutait quelque réaction imprévisible de sa part. Finalement, elle n'était pas rassurée de savoir la petite Bonetti, trois ans, confiée aux soins de sa mère.

C'était pourtant une de ses plus belles victoires, à la hauteur de celles qui avaient bâti sa réputation, et celle de son cabinet par la même occasion. Elle avait facilement persuadé le juge qu'un enfant en bas âge a besoin avant tout du contact maternel, credo dominant même s'il n'avait plus tout à fait le vent en poupe ces derniers temps, surtout quand la mère affichait des signes évidents de fragilité. Mais ne pas confier un tout petit aux soins de sa mère revenait à condamner celle-ci comme « mauvaise mère ». Peu de juges s'y risquaient.

– Affaire Bonetti. Qui assiste madame Bonetti ? Maître…

– L'affaire est en l'état…

En l'état d'être plaidée, bien sûr. Ce que Francesca avait accompli de manière remarquable, toutes pièces à l'appui. Une plaidoirie exemplaire. Elle avait l'habitude de gagner, mais elle pouvait être fière de sa prestation.

Dans cette affaire, malgré les défaillances de la mère, que la partie adverse n'avait pas manqué de détailler à l'audience, à grand renfort de certificats médicaux, expertises psychiatriques et attestations des proches et des moins proches, madame Bonetti s'était vu attribuer la garde de sa fille, assortie toutefois d'une période d'essai de trois mois. Le droit de visite du père n'étant réglementé que par son devoir de prévenir la mère, monsieur Bonetti pouvait débarquer à tout moment chez son ex-femme : il lui suffisait de passer un coup de fil. Francesca avait tenté de contester cette liberté du père car elle savait que ces modalités un peu sévères de limitation de la garde risquaient de perturber sa cliente. Mais elle n'avait pas eu gain de cause sur ce point. Le juge s'était senti obligé de prendre en compte les troubles psychologiques de madame Bonetti, avérés à plusieurs reprises par le passé, bien que Francesca eût prouvé que ces troubles n'étaient que la conséquence de son amour pour un mari trop volage. Elle avait eu la bonne idée d'engager un détective dont les rapports avaient été lus au tribunal.

Monsieur Danilo Bonetti s'est rendu dans le quartier de la gare Termini à bord d'une Renault Mégane bleue, immatriculée AN636YZ, *identifiée comme lui appartenant. Il a garé son véhicule Via Turati 171, puis il est entré dans l'hôtel* Sans Soucis *en compagnie d'une jeune femme brune, cheveux longs, habillée d'une robe-tunique en coton. Les photos jointes au dossier montrent le couple sortant de l'hôtel environ deux heures plus tard. L'hôtelier nous a déclaré qu'ils avaient loué une chambre au troisième étage et qu'ils étaient déjà venus dans cet hôtel la semaine précédente, même jour, même heure (pourboire de 10 euros à l'hôtelier).*

– Vous le regretterez, lui avait glissé monsieur Bonetti en sortant du tribunal.

2.

En engageant la marche arrière, Francesca fut violemment projetée vers l'avant ; sa tête se retrouva écrasée contre le pare-brise.

Tu ne seras jamais à l'heure, lui avait soufflé Paolo avant de claquer la porte, le matin du jugement.

Elle était en retard comme d'habitude, mais cette fois elle était restée figée devant son appartement, au lieu de disparaître dans l'ascenseur. Elle avait sonné rageusement. Le sourire au coin des lèvres de son mari la blessait encore plus que cette manière de claquer la porte, quand elle partait le matin. Comme s'il attendait ce moment pour se libérer d'elle.

Paolo enseignait à l'université deux jours par semaine ; le reste du temps, c'est-à-dire tout le temps, il travaillait à la maison. En dehors de la préparation de ses cours, son travail restait vague pour Francesca. Il avait un manuscrit en chantier depuis des années, il n'en parlait jamais, elle avait renoncé depuis longtemps à lui en demander des nouvelles.

Ce matin-là, elle avait rendez-vous au tribunal, où le divorce de madame Bonetti devait être prononcé. Changeant brusquement d'avis, elle s'était enfoncée dans l'ascenseur avant que Paolo ne vînt lui ouvrir.

Depuis combien de temps n'avaient-ils plus un geste quelconque d'affection ? Nadia était arrivée à la maison à huit heures moins le quart, comme tous les jours, et avait préparé le petit déjeuner des enfants. Elle les avait ensuite habillés et accompagnés à l'école. Depuis sept mois que l'école avait commencé, Francesca n'avait jamais trouvé le temps de rencontrer les enseignants. Paolo, par contre, fréquentait régulièrement l'établissement privé qu'ils avaient choisi pour leur progéniture. Il participait aux réunions des parents d'élèves, aux fêtes de l'école, aux sorties accompagnées, et jouissait d'un grand prestige auprès des institutrices et de la directrice. Ce qui semblait le flatter. De temps à autre, Francesca ressentait une certaine gêne à laisser ainsi son mari s'occuper seul des enfants. « Après tout, se disait-elle, il a du temps pour ça ! »

« Ton boulot compte plus que ta famille ! » lui reprochait régulièrement Paolo.

Que leur était-il arrivé, à lui, à elle ? À quel instant exactement leur couple s'était-il écroulé comme une de ces tours Lego que les garçons construisaient à longueur d'après-midi, le dimanche ? Minute après minute leur entente n'avait cessé de se défaire. Où son amant d'autrefois avait-il disparu ?

Dix ans auparavant, Francesca avait intégré l'un des meilleurs cabinets d'avocats de la ville. En très peu de temps, leurs revenus avaient quintuplé et ils avaient connu la période la plus faste de leur vie : les soucis financiers des débuts balayés, la passion redoublée dans la ferveur de l'attente, le temps de Francesca se réduisant déjà comme une peau de chagrin.

À l'époque, son mari terminait des études de littérature italienne et écrivait une thèse sur des manuscrits du XIVe siècle : les actes des notaires de Bologne qui avaient l'habitude de combler les espaces blancs, en bas de page, par des vers de Dante afin d'éviter les ajouts arbitraires. Quand Tiziano était né, il préparait un concours pour un poste universitaire. Francesca n'avait pris qu'un mois de congé de maternité, Paolo l'avait remplacée auprès du nouveau-né mieux qu'une nourrice n'aurait pu le faire. Elle avait réintégré son cabinet au grand soulagement de ses associés. Fallait-il dater de cette époque le début des malentendus qui avaient, peu à peu, érodé leur couple ? Paolo lui-même avait proposé cette répartition des rôles, peu conventionnelle certes, mais largement admise, et même revendiquée, dans leur milieu de jeunes ambitieux anticonformistes.

Paolo aimait l'enseignement, il préparait paisiblement ses cours à la maison, pas comme elle, toujours à l'extérieur, toujours à bout de souffle, toujours à s'escrimer avec les ruses et la rancune de ceux qui lui confiaient la tâche de tourner à leur profit la rupture de leur mariage. Si Paolo avait réussi à obtenir son poste à l'université, c'était grâce au travail de Francesca, qui l'avait soulagé longtemps de toute préoccupation matérielle. Ses revenus leur avaient offert la possibilité de se payer ces aides ménagères qui, aujourd'hui encore, permettaient à Paolo de se cloîtrer dans son bureau, au milieu de ses livres, à l'abri du quotidien. Une femme de ménage venait tous les jours à la maison, une baby-sitter veillait sur les enfants en dehors des heures scolaires. Dans ces conditions, Paolo aurait pu écrire bien plus que le petit texte autobiographique de cinquante-sept pages qu'un ami éditeur lui avait publié. Cinquante-sept pages en sept ans.

Pour prouver qu'il n'avait pas à sa disposition tout le temps que Francesca lui reprochait d'avoir, Paolo en faisait toujours plus que nécessaire avec les enfants. Il s'en occupait parfois de manière obsessionnelle, voulant tout décider : ce qu'ils devaient manger, ce qu'ils devaient porter, ce qu'ils devaient apprendre. De toute évidence, il se sentait investi du devoir de combler les absences de leur mère. Ce que Francesca avait interprété d'abord comme une mise en accusation larvée de sa maternité, ensuite comme une faute qu'elle peinait à assumer, enfin comme une honte qu'elle n'en finissait plus de cacher.

Assez rapidement, elle avait renoncé à s'immiscer dans la vie quotidienne de ses fils. Paolo en savait toujours plus sur ce qui était bon pour eux car, comme il ne manquait pas de le lui faire remarquer, il était toujours là, lui : *présent.* « Inamovible », pensait-elle. Les enfants pouvaient compter à tout moment sur leur père : il le répétait à tous ceux qui voulaient l'entendre. Dans leur entourage, Paolo passait pour le modèle parfait du nouveau père, Francesca acquiesçait.

Elle avait fini par laisser à son mari toute la place auprès des enfants : par confiance, par commodité aussi. Ne croyait-elle pas à la nécessité de réussir sa vie de femme engagée dans une carrière ? La conviction que jamais elle ne se laisserait engloutir par son rôle de mère était ancrée au plus profond d'elle-même. Francesca avait souvent l'impression de mener une lutte inégale contre le piège de la maternité, cette tentation de son corps de femme.

3.

Au-delà de la couche épaisse de silence, matelas de feutre autour de son crâne, elle crut entendre la sirène d'une ambulance qui tentait de se frayer un passage au milieu des cris. Qui l'avait poussée contre la vitre ? Qui avait buté contre l'arrière de sa voiture ? Paolo serait furieux d'avoir à l'attendre une fois de plus et mettrait un point d'honneur à faire souffler à Tiziano ses sept bougies avant son retour. Cela n'aurait donc servi à rien qu'elle quitte le cabinet de bonne heure, mettant fin à la conversation avec Clara qui semblait pourtant avoir besoin de réconfort. Plus tard elle la rappellerait ; l'arrêt de divorce a toujours un impact majeur, surtout chez le conjoint qui ne l'a pas voulu.

À quelle heure l'accident s'était-il produit ? Elle ne trouvait plus sa montre. « C'est à cause de l'obscurité », se dit-elle en ouvrant grand les yeux. Mais aucune lumière, aucune image ne venait à son secours, uniquement le son de l'ambulance lointaine : elle s'y accrocha pour ne pas sombrer dans cet espace ressenti d'instinct comme dangereux. Elle eut alors le sentiment d'une catastrophe imminente, mais s'en détourna : ce n'était qu'un tout petit choc ! Était-elle déjà sortie de sa place ou venait-elle tout juste de démarrer ? Elle ne trouvait nulle part dans sa conscience ne fût-ce que les bribes d'un début de réponse. Elle ne s'était pas évanouie, sinon comment pourrait-elle se souvenir aussi bien et raisonner de la sorte ? Elle n'était pas morte non plus, puisqu'elle pouvait encore se poser la question. Pourtant, elle ne se sentait pas rassurée. Son corps était posé là, à côté d'elle, sans qu'elle ne pût ni le voir ni le toucher.

Puis son corps lui revint d'emblée, mais ce n'était plus le corps de tout à l'heure, celui qu'elle avait trimballé de son cabinet jusqu'à la voiture. C'était le corps oublié d'une photo prise quinze ans auparavant sur la plage d'Ostie, une fin d'après-midi d'hiver. Elle s'était promenée sur la plage avec Paolo, les établissements de bord de mer étaient fermés depuis des mois. Ils s'étaient allongés à même le sable, l'air était doux malgré la saison. Francesca était heureuse de retrouver ce corps oublié, c'était comme reconnaître un ami dans une ville inconnue.

Elle l'avait aimé, ce corps-là ! Ce n'était pas comme l'autre, le corps étranger, celui qui avait produit la grande rupture à un moment donné de sa vie.

Depuis longtemps elle ne faisait plus confiance qu'à son visage. La finesse de ses traits, l'arête parfaite de son nez, les courbes gracieuses de ses oreilles, la vague de ses lèvres naturellement pourpres, et surtout le bleu de ses yeux témoignaient de son ancienne beauté. Comme ces pièces archéologiques dont seul le chercheur est en mesure d'apprécier la valeur, Francesca était seule à y voir ce qui demeurait absent.

Elle avait pris l'habitude de prendre soin de son visage en ignorant le reste de son corps. Car son corps n'avait pas été docile à apprivoiser : un beau jour, il s'était mis à enfler, à déborder, à se rebeller contre quelque chose qu'elle n'avait ni le courage ni la patience d'interroger. Se gaver, passion dormante de sa jeunesse, était devenu, dès sa première grossesse, un besoin satisfait dans le plus grand secret. Elle en avait conçu une honte à peine maîtrisée. Se gaver était un impératif avec ses lieux d'attaque privilégiés, ses guets-apens familiers. Elle ne se gavait pas au tribunal, rarement au cabinet, seulement après un rendez-vous avec quelque cliente déboussolée par son divorce. Se gaver était un ordre auquel elle obéissait la nuit, de préférence. Elle se levait alors, somnambule mue par une obéissance obstinée, traversait pieds nus le couloir jusqu'à la cuisine, ouvrait grand le réfrigérateur et chargeait ses bras de récipients aussi variés que leur contenu était divers. Elle ne faisait aucun choix, convoitait tout de la même manière. Restes de cuisine préparés par Lena, la femme de ménage qui travaillait chez eux six heures par jour en assurant toute l'intendance, courses et repas compris. Morceaux de fromages à la pelle, charcuteries aux couleurs de sang caillé, glaces sorties en bloc du congélateur et avalées à même le pot, tablettes de chocolat aux amandes, aux noisettes, aux oranges amères.

Après ses virées nocturnes dans la cuisine, elle passait aux toilettes pour vomir. Parfois, la pièce qu'elle se rejouait chaque nuit s'interrompait à la fin du premier acte ; alors elle regagnait le lit conjugal pour s'y écrouler, abrutie.

Paolo se doutait-il de son secret ? En tout cas, il n'y avait jamais fait allusion. Elle était bien en chair, pas obèse. Ce qui préservait en elle la satisfaction de se savoir regardée. Avec le temps, Francesca avait appris à détester ce corps qui exposait au grand jour ses frasques nocturnes.

Les yeux clairs, et surtout certains bleus, peuvent virer au gris bleuté, au gris perle ou au gris souris. Pour mettre en valeur cette tonalité, farder la paupière mobile d'un soupçon d'ombre poudrée rose, déposer ensuite le fard gris perle sur la paupière fixe. Estomper jusqu'à l'arcade sourcilière, qui doit paraître claire pour capter la lumière. Ombrer du même gris la paupière inférieure afin d'obtenir une impression de halo coloré. Souligner le regard d'un trait de khôl pour mettre en valeur l'iris et influencer sa couleur.

Chaque matin, sans exception, Francesca passait un quart d'heure devant le miroir à habiller son regard.

Très tôt, son mari était allé voir ailleurs. Entre eux, c'était un contrat tacite : les aventures de Paolo n'entameraient pas leur union. Il avait toujours eu besoin de se sentir libre. *Libre !* Mot évoqué comme un impératif, sollicité comme un témoin, hissé comme l'étendard du couple parfait qu'ils représentaient aux yeux du monde. Et libre, elle l'était elle aussi. Sauf qu'elle ne savait que faire de cette liberté qui restait sans emploi. Que faisait-elle, d'ailleurs, sinon s'en défaire chaque nuit devant le réfrigérateur grand ouvert ?

Le désir se résumait pour Francesca aux regards des hommes qui la flattaient sans prêter à conséquence. Seule comptait pour elle sa réussite professionnelle, la satisfaction du travail bien fait. L'amour, c'était Paolo et ses enfants. Elle les croyait à jamais acquis.

4.

La fête d'anniversaire de son fils était prévue à vingt heures. Elle s'était engagée à acheter les sept bougies pour obliger Paolo à l'attendre. Cette fois elle serait à l'heure, coûte que coûte !

Elle rentrait toujours trop tard, toujours un client qui rappliquait à la dernière minute, toujours un dossier à peaufiner pour le lendemain. À la maison, elle trouvait Paolo vautré sur le canapé.

« Je t'attendais pour sortir, lui annonçait-il.

– Les enfants sont déjà couchés ?

– Les enfants se couchent tôt. »

Elle ne lui avait jamais demandé pourquoi il avait pris cette habitude de sortir, le soir, pour ne rentrer qu'au milieu de la nuit ; elle mettait un point d'honneur à obéir à leur éthique de liberté et de confiance réciproque. Paolo ne semblait pourtant pas faire grand cas de ce respect. Elle savait qu'il y avait ses étudiantes. Elle savait, mais ne voulait pas savoir. Méprisables, les chroniques de cul de son mari ne retenaient pas longtemps son attention. Ce qui ne l'empêchait pas d'en souffrir. Cette souffrance minait leur couple jour après jour. Même s'il était entendu que les autres filles n'étaient que des instants de jouissance physique sans histoire car l'histoire, c'était elle : sa femme, l'unique, la mère de ses enfants. Paolo le lui avait assez répété pour qu'elle crût à ses paroles.

Elle était la seule femme qu'il aimât d'un amour inaltérable, il l'avait juré. À croire que leur relation n'était que polarité et conjugaison des temps : la durée contre l'instant, l'amour contre le sexe, l'épouse contre la maîtresse. Elle avait parfois l'intuition que ces oppositions commodes n'étaient que l'instrument imparfait d'une pensée démunie face à l'opacité du couple. Jamais elle n'osait pousser la réflexion plus loin.

Paolo lui avait promis, par le mariage, qu'il resterait à ses côtés jusqu'à la fin de ses jours. Elle était, en Italie, l'un des meilleurs conseils en matière de divorce ; elle savait plus que d'autres la fragilité, la perversité, le mensonge, le mépris qui s'installent subrepticement dans le couple. Elle connaissait l'amour qui se mue en haine. Elle croyait néanmoins à la promesse de son mari. C'était une espèce de foi.

5.

Des bruits de sirènes avançaient de son côté. Elle crut les atteindre là, tout près. L'affaire Bonetti lui revenait en force et en détail. Elle avait jubilé quand le juge avait accordé la garde de l'enfant à la mère pour « une période d'essai de trois mois renouvelable, avant de décider de la garde définitive ».

– Trois mois suffiront, lui avait chuchoté Clara.

Le matin, elle avait noué sur son front le foulard de soie rouge que Paolo lui avait offert. Ce foulard, savamment entortillé pour encadrer son visage, avait amorti le choc contre le pare-brise. Que faisait donc cette infirmière aux ongles laqués, tellement ressemblante à l'autre, celle qui lui avait appris à mettre les couches à son fils aîné ? Elle ne la voyait pas distinctement, seulement ses ongles.

– Vous allez passer la nuit à l'hôpital, madame. Souhaitez-vous prévenir votre famille ?

– Ce n'est pas nécessaire, je n'ai rien, répondit Francesca d'un ton assuré.

Les gyrophares de l'ambulance et de la voiture de police balayaient la pluie. Le portable sonna, l'infirmière lui passa l'appareil.

– Maître, pourriez-vous venir à la maison, ce soir ?

– Qu'y a-t-il, Clara ?

Tôt ou tard, au fur et à mesure que leurs histoires gagnaient du terrain sur la sienne, elle finissait toujours par appeler ses clientes par leur prénom. Il y avait un moment dans le dossier où « madame » n'était plus de mise. Ses clientes continuaient de l'appeler « maître », ce qui les rassurait probablement sur l'issue de leur affaire.

– Tâchez de venir, maître ! insista Clara.

Francesca ne pouvait détacher les yeux des ongles de l'infirmière.

– Je ne peux pas bouger. Je viens d'avoir un accident. Rien de grave, mais je dois accomplir quelques formalités avant de me sauver. Et puis il y a la fête d'anniversaire de mon fils…

– Si vous ne venez pas, ça arrivera !

– Non, ça n'arrivera pas ! déclara Francesca, sans savoir de quoi elle voulait parler au juste.

– *Ça arrivera !* répéta Clara.

Francesca répondit aux questions des policiers, montra sa carte d'avocate, signa des papiers, laissa ses coordonnées, assura qu'elle se portait à merveille. On lui conseilla vivement une visite aux urgences, elle refusa de monter dans l'ambulance. Sa belle voiture n'était plus qu'un tas de ferraille, la vitrine avait volé en éclats, les crabes avaient explosé contre le rocher noir. La note serait salée, mais elle avait eu de la chance. Elle aurait pu y rester. Elle avait reculé trop vite, un camion avait glissé en freinant et avait percuté de plein fouet l'arrière de sa Chrysler. Ce n'était pas très prudent de partir ainsi, sur ses deux jambes, on le lui répéta une dernière fois.

Francesca n'écouta personne. Toutes les formalités remplies, elle s'éloigna, remonta la rue, héla un taxi.

6.

Les gouttelettes s'accrochaient aux vitres du taxi. Elle rappela Clara.

– Je suis sur la route. Il me faut du temps pour arriver chez vous, il y a des embouteillages partout à cause de la pluie…

– C'était quoi votre accident ? Vous n'êtes pas blessée au moins…

– Ce n'est rien, ne vous en faites pas.

Ce disant, Francesca ressentit une douleur à la poitrine.

– Vous n'auriez pas dû m'écouter, dit Clara. Vous ne me devez rien, mon affaire est réglée. Vous auriez mieux fait d'aller vous faire soigner à l'hôpital.

– Ne vous occupez pas de moi. Comment va Cecilia ?

– Elle dort, répondit sa cliente.

Puis elle ajouta :

– Ce ne doit pas être facile de faire le métier que vous faites…

Non, ce n'était pas facile. À force de côtoyer à longueur d'années la détresse, elle avait fini par en être atteinte. Paolo, lui, ne courait pas ce genre de risque. Elle mesurait maintenant la distance qui la séparait de son mari. Et dans cette distance, Paolo avait réussi à en installer une autre, entre la mère et ses enfants.

II
LE BRUIT

I.

Le taxi n'avançait pas. Le Lungotevere della Farnesina était plein à craquer de voitures, motos, scooters, mobylettes. La pluie s'arrêtait un instant, pour se déverser l'instant suivant sur la ville désemparée. Le Tibre enflait, ses eaux de jade viraient au vert glauque. Pourquoi donc l'appelait-on le « blond Tibre » ? Le pont Sisto resserrait ses branches de fer, Francesca avait envie de le traverser tête nue.

Clara Bonetti était entrée dans son bureau deux ans auparavant, jeune femme à l'allure adolescente, cheveux blonds encadrant un visage de poupée boudeuse, yeux gris fuyants, une cicatrice à la commissure des lèvres qui lui donnait un air constamment dépité.

– Je viens vous voir parce que mon époux demande le divorce, avait-elle débuté sans préambule. Moi, je ne veux pas divorcer.

Il avait fallu plusieurs rendez-vous pour la raisonner. Elle lui avait été envoyée par une ancienne copine de fac, Anna Sonnino, qui travaillait dans les assurances. Quelques semaines plus tard, Francesca rencontrait aussi monsieur, à la demande de madame. Danilo Bonetti avait le regard et les manières de celui qui s'installe d'emblée dans la séduction. Mariés depuis un peu plus de cinq ans, ils avaient une fille de trois ans. Diplômée de littérature anglaise, elle était femme au foyer ; lui était conseiller financier dans une banque. À sa grande surprise, Clara Bonetti lui avait déclaré, l'air le plus calme du monde, que son époux lui avait toujours été infidèle.

– Si on peut appeler infidélités ses coups de foudre qui n'ont jamais duré plus d'une saison !

– Vous n'êtes pas jalouse ? avait demandé Francesca.

– *Avant*, je ne l'étais pas.

– Avant ?

– J'ai toujours été au courant des flirts de mon mari, avait poursuivi Clara Bonetti. Danilo me racontait ses rendez-vous amoureux dans les menus détails, c'était une sorte de contrat entre nous. Nous sommes un couple moderne, n'est-ce pas ?

Je connaissais jusqu'à la marque de la lingerie des filles qu'il rencontrait. À un moment, nous avons décidé d'un commun accord qu'il amènerait ses copines à la maison : je leur laissais la chambre, il leur disait que je rentrais tard. J'en ai vu des minettes se tortiller dans mes draps ! J'ai connu toutes les variantes de la jouissance féminine – tout au moins de ses semblants. J'en ai plus appris sur les rapports entre hommes et femmes en observant les maîtresses de mon mari que pendant toute ma vie de couple.

Sa cliente avait marqué une pause, comme si elle s'attendait à un commentaire, puis elle avait continué :

– Nous avions pratiqué un trou dans le mur, à la bonne hauteur, pour y installer une petite caméra ; je filmais les parties de jambes en l'air de mon mari. Ensuite, le week-end, nous faisions l'amour en nous repassant les cassettes.

Francesca avait ôté le capuchon de son Mont Blanc, encore un cadeau de Paolo. Il lui arrivait parfois de buter contre le détraquement des couples ; son côté fleur bleue ressurgissait au beau milieu d'un aveu ou face à une scène de violence conjugale, déclenchée par un mot apparemment anodin, qui en déterrait d'autres enfouis dans la mémoire. C'était la première fois, néanmoins, qu'elle écoutait un récit d'une telle perversité, débité comme une liste de courses. La manière dont Clara présentait les choses, tout comme sa manière de se tenir, jambes croisées et regard absent, provoquait en elle un sentiment de malaise. Sa cliente restait de marbre. Elle maîtrisait sa voix et ses gestes dans quelque but secret. En un sens, elle l'inquiétait. Clara Bonetti n'était pas de celles qu'on oublie. Plusieurs jours après ce premier rendez-vous, la fixité de son regard revenait encore dans la mémoire de Francesca. Comme une icône.

– Bref, vous filiez le parfait amour, votre époux et vous-même… l'avait-elle relancée.

– *Avant*, oui. Nous étions le couple le plus uni que l'on puisse imaginer. Les infidélités de mon mari servaient notre désir, ses maîtresses n'étaient que l'instrument du plaisir que nous nous donnions l'un l'autre à leur insu. Je n'étais pas jalouse. Comment l'aurais-je pu ? Il me répétait sans fin que j'étais la femme de sa vie. Un jour, il m'a même juré qu'entre nous c'était à la vie à la mort, qu'il m'aimait plus que sa propre mère. Si vous connaissiez sa mère, vous comprendriez mieux !

– Néanmoins… Il y avait des risques sérieux pour votre couple à suivre ce… mode de vie.

– Aucun. Je vous l'ai dit : je n'étais pas jalouse de ses maîtresses. Je savais tout sur elles, elles ne savaient rien sur moi. J'étais avec mon mari quand il couchait avec elles ; elles n'étaient que des chapitres du roman que nous écrivions ensemble. C'était toujours d'un commun accord que nous décidions de passer au chapitre suivant.

– Mais alors, si vous aviez une telle… complicité avec votre époux, avait objecté Francesca, comment en êtes-vous arrivés là ? À demander le divorce ?

– Je ne demande pas le divorce.

– Alors je ne vois pas…

– Je suis venue vous voir, maître, pour vous demander de rencontrer mon mari. Il n'y a que vous pour le raisonner. Madame Sonnino m'a fait l'éloge de vos talents de persuasion.

– À quoi bon le rencontrer ? Qu'attendez-vous de moi ?

– Je souhaite que vous présentiez vous-même à mon époux la liste des dangers auxquels il s'expose s'il me déclare la guerre. Je vous donnerai les éléments destinés à le convaincre que notre lien ne sera dissous que par la mort.

2.

Quand Francesca avait rencontré Danilo Bonetti, quelques semaines plus tard, dans un café du quartier Prati, celui-ci lui avait immédiatement manifesté sa ferme volonté de divorcer. Et sa détermination à obtenir la garde de *son* enfant.

– Mon avocat m'a conseillé de vous voir de manière informelle ainsi que vous me l'avez demandé, avait-il dit en lui décochant un regard qui se voulait irrésistible.

– Le plus difficile dans cette affaire, avait répondu Francesca en effleurant des lèvres son Campari, ce sont vos volontés irréductiblement opposées : vous voulez divorcer, votre épouse s'y refuse.

– Elle est folle. J'ai d'ailleurs l'intention de demander une expertise psychiatrique.

Le café, bondé, déployait ses tables sur la placette. Des jeunes, debout, traînaient près des scooters.

– Une femme n'est pas folle parce qu'elle s'accroche à son mariage ! avait immédiatement réagi Francesca. Madame Bonetti pourrait aussi bien demander une expertise psychiatrique vous concernant, vu les pratiques sexuelles auxquelles vous vous adonniez d'un commun accord ! Et cela pendant des années !

– Ce n'était pas mon idée…

Il s'était hâté de nier en bloc les déclarations de sa femme : il n'avait été qu'une victime dans ces jeux pervers qui avaient fini par détruire leur couple. Il jurait que l'idée des séances de baise dans la chambre conjugale venait d'elle, tout comme d'ailleurs la mise en scène des dîners aux chandelles à la maison. À ses dires, sa femme poussait la perversion jusqu'à préparer elle-même le repas pour ses maîtresses. Les cassettes vidéo aussi, c'était une idée à elle. Lui, il ne s'était jamais senti à l'aise dans cet exhibitionnisme. Il était coureur, il aimait les femmes, il ne l'avait jamais caché. Mais c'était Clara qui avait toujours voulu mettre le nez dans ses histoires !

– C'est votre faute. Pourquoi vous n'avez pas arrêté, une fois mariés ?

Bonetti avait eu un sourire compatissant :

– Arrêté quoi ? D'aimer les femmes ? Comprenez-moi, maître, lui avait-il soufflé en se penchant de son côté, au-dessus des boissons. Je n'ai jamais trompé personne. Clara savait à quoi s'en tenir en m'épousant. Je dirais même que c'était justement ça qui l'excitait, de savoir que je couchais avec d'autres filles !

– Mais une fois mariés…

– Une fois mariés, c'était du pareil au même ! Je ne nie pas que je tenais à ma femme plus qu'aux autres : je l'aimais, évidemment, sinon je ne l'aurais pas épousée ! Clara était la seule qui me comprenait, qui ne me faisait pas des scènes de jalousie. Comme elle se doutait que je ne changerais pas de vie après le mariage, elle m'a persuadé de « faire ça à la maison ». Elle ne supportait pas de me savoir dans une chambre d'hôtel avec une fille qu'elle ne connaissait pas.

– Et vous dites qu'elle n'était pas jalouse !

– Ce n'était pas de la jalousie ! Elle voulait tout partager avec moi, pas m'empêcher de vivre !

– Drôle de manière de présenter l'adultère. Si ce n'était pas de la jalousie…

– Non, ce n'était pas de la jalousie !

– Puisque vous le dites…

– C'était de l'amour ! La jalousie, je connais ! Toutes les femmes sont jalouses, elles ne veulent qu'une chose : être les plus belles, les plus désirables, les plus désirées, les plus… Peu importe ! Les « plus »… Quand je veux draguer une fille, d'ailleurs, je lui dis toujours qu'elle est la plus belle, la plus douce, la plus sexy… Vous pouvez me faire confiance, ça marche à tous les coups ! Jusqu'au jour où la fille découvre qu'elle a une rivale et qu'elle n'est donc plus la plus belle, la plus douce, la plus sexy, et cætera.

– Votre vision des femmes est désarmante !

– Je n'en ai pas l'exclusivité. Je la partage avec un nombre impressionnant de spécimens de mon sexe.

– Admettons que votre femme ne soit pas jalouse. Quel nom donneriez-vous alors à ses sentiments envers vous et vos histoires ?

– Le seul nom qui convienne : l'amour. Il n'y a aucun doute là-dessus. Clara m'a aimé de manière absolue. C'est la seule femme qui n'ait jamais exigé que je lui sois fidèle. C'est pour cette raison que je l'ai épousée. Elle disait que son amour pouvait tout comprendre, tout accepter, qu'elle était en moi et moi en elle. Que mon bonheur était le sien…

– À condition que vous lui racontiez tout.

– C'était la seule condition. Mais elle y tenait comme à la prunelle de ses yeux. Elle voulait tout savoir pour mieux me connaître et mieux m'aimer, disait-elle. Son principal argument était : « Comment pourrais-je t'aimer pleinement si des régions entières de ton être restent pour moi impénétrables ? » Tout lui raconter, ce n'était pas ça le plus difficile. J'y trouvais mon compte, je ne me sentais pas coupable, elle était compréhensive…

– Que s'est-il passé pour qu'un aussi parfait amour se gâte ?

– En un sens, c'est ma faute. Je n'aurais jamais dû consentir à amener mes maîtresses à la maison. Notre ménage a commencé à battre de l'aile dès que je me suis plié à ce caprice. Au début, j'ai essayé de m'y opposer. J'étais gêné : raconter, c'est une chose… Ma mère d'ailleurs m'avait mis en garde.

– Votre mère ?

– Je n'ai jamais rien caché à ma mère. Même si j'ai eu du mal à lui avouer que j'amenais des filles à la maison tandis que Clara y était aussi… Quand ma mère a appris qu'elle nous filmait, elle a très mal réagi. Elle a traité Clara de malade, de nymphomane, d'obsédée sexuelle. Elle a menacé de la faire enfermer. À l'entendre, j'étais en état de sujétion totale vis-à-vis de ma femme. Une marionnette entre ses mains.

– Il est néanmoins surprenant que vous fassiez de telles confidences à votre mère…

– Il n'y a rien de surprenant ! Je suis fils unique, je me suis marié à trente-trois ans, j'ai toujours vécu chez mes parents, j'ai toujours été très proche de ma mère. Mon père, on ne peut pas lui faire confiance, ce n'est certainement pas à lui que je serais allé me confier !

Francesca avait été tentée de lui demander pourquoi, à son âge, il ressentait le besoin d'aller se confier à ses parents, mais elle n'en avait rien fait.

– Pour revenir à Clara, avait continué Bonetti, je me sentais mal à l'aise quand j'amenais des filles à la maison pour les baiser sous ses yeux. Au début, tout le long de notre première année de mariage, j'étais hypnotisé : malgré la gêne, le plaisir était grand… Je trouvais Clara magnifique, j'avais pour elle une admiration sans bornes : c'était une femme libre, intelligente, prête à tout. Pour moi, c'était complètement nouveau, et drôlement excitant, surtout quand nous regardions ensemble les cassettes. Les filles avec lesquelles je couchais dans notre lit ne soupçonnaient pas le rôle qu'elles jouaient dans notre couple. C'est troublant de faire l'amour à sa femme en regardant défiler les scènes de son propre adultère…

Il avait marqué un silence avant de demander :

– Je vous choque ?

– Non, avait menti Francesca.

– Vous n'êtes pas mariée ?

– Si… Revenons au changement qui s'est produit dans votre couple et qui vous a poussé à demander le divorce.

– Ainsi que je vous le disais tout à l'heure, les baises adultères au foyer n'ont duré qu'un temps. Malgré l'entêtement de ma femme, j'ai vite repris mes habitudes à l'hôtel, qui sans doute me convenaient mieux que l'exhibitionnisme à la maison. Sauf que là, j'ai menti à Clara pour la première fois. Ce qu'elle n'a pas supporté.

– Vous avez cessé de lui raconter vos exploits ?

– Ma femme est tombée enceinte juste à ce moment-là. Quand j'ai appris la nouvelle, j'ai été très heureux : un enfant à moi ! C'est quand même ça, la famille ! J'ai immédiatement pensé que tout allait s'arranger, que Clara me lâcherait un peu, puisqu'elle allait devenir mère. Je me trompais. Comme je ne voulais plus amener les filles à la maison, elle a commencé à me tanner pour connaître mon emploi du temps à la minute près. Elle ne m'empêchait pas de rencontrer des filles à l'hôtel, mais elle exigeait des récits détaillés de mes rendez-vous. J'ai commencé à mentir. Moi qui allais être père, je me sentais devenir quelqu'un d'autre, j'avais besoin de me prouver que j'étais digne. Alors, un beau jour, j'ai décidé de changer de vie.

– Vous avez arrêté d'avoir des maîtresses ?

– Absolument. Pour la première fois, j'ai voulu être fidèle à une femme. À cause de l'enfant qu'elle portait dans son ventre.

– Comment a réagi Clara ?

– À ma fidélité ? Au début, elle n'y a pas cru, elle est restée sur ses gardes, comme si elle s'attendait à une rechute. Ensuite elle m'a cru et a vécu, je pense, les mois les plus heureux de sa vie. Malheureusement, ça n'a pas duré.

– Vous avez recommencé avec les filles ?

– Pas du tout. Je suis resté fidèle à ma femme jusqu'à l'accouchement ! C'est elle qui s'est mise à me soupçonner sans motif : je crois que c'était à cause de son ventre… Il grossissait, elle n'aimait pas ça. Elle a toujours eu horreur de grossir. Un jour, brusquement, elle s'est réveillée du rêve que nous vivions à deux et a commencé à me haïr.

– Vous haïr ?

– Du jour au lendemain, son amour s'est transformé en haine. Si vous croyez qu'elle me refuse le divorce par amour, vous faites fausse route, maître. Je ne sais pas ce qu'elle vous a raconté, c'est la reine de la manipulation, la petite Clara ! Mais je l'affirme haut et fort, même si elle ne l'admettra jamais : ma femme me hait !

– Admettons. Dites-moi alors comment cette haine s'est manifestée.

– Clara s'est d'abord mise à me reprocher d'attendre tranquillement que le petit roi sorte de son ventre, de ne plus voir en elle que cet enfant béni, de ne la ménager qu'à cause du veau d'or qu'elle nourrissait déjà comme une vache. Ensuite, elle a commencé à m'espionner, à m'accuser d'avoir une maîtresse, d'organiser ma vie sexuelle à ses dépens, de l'avoir mise enceinte dans l'unique but de l'enchaîner à sa grossesse. Elle me prêtait des intentions, elle inventait des relations, elle dérapait. Un soir, je suis rentré plus tard que d'habitude, elle finissait à l'époque son neuvième mois, et je l'ai retrouvée allongée sur le sol de la salle de bains, au milieu d'une flaque de sang. J'ai eu la plus grande peur de ma vie, j'ai cru qu'elle venait de se suicider. En fait, elle s'était entaillé le ventre avec mon rasoir. Une scène terrifiante !

3.

Le taxi n'était pas sorti de Rome, il pleuvait à verse. Il lui faudrait une bonne heure pour atteindre le village où habitait Clara, une petite localité balnéaire aussi triste que peut l'être un agrégat d'habitations difformes, surgies sur un sol ingrat. Seule la mer, par moments, rachetait un peu cette laideur. Hors saison uniquement. Car l'été, la foule désinhibée des vacanciers se déversait sur les plages comme des déchets mal triés, se collant les uns aux autres, mélangeant leurs corps huilés dans l'eau de suie et leurs bourdonnements incessants sur le sable crasseux. Le taxi patientait au feu rouge, Via Cristoforo Colombo. Motos, scooters et mobylettes avaient disparu, la pluie avait fait le tri. Le chauffeur redémarra en trombe. Le colossal portique du palais des Congrès s'éloigna à gauche, l'éclairage des bâtiments annonçait la nuit.

« Je ne serai jamais à l'heure pour l'anniversaire de mon fils », pensa Francesca. Elle s'abandonna sur le siège, glissa sur le côté, s'endormit. Le contact du skaï sur la joue la réveilla, elle ne reconnut pas la route. L'obscurité ne contribuant pas à la rassurer, elle questionna le chauffeur.

– Vous inquiétez pas, madame ! répondit le jeune homme. J'ai quitté la Pontina, ça bouchonnait grave !

– Où sommes-nous ? demanda-t-elle.

Elle n'entendit pas la réponse. En se penchant vers l'avant, elle remarqua que le taxi était dépourvu de compteur. À la place du taximètre, un trou béant, encombré d'objets divers, parmi lesquels brillait le métal d'un couteau à cran d'arrêt. Le regard du chauffeur dans le rétroviseur la paralysa.

– Faut pas vous en faire, madame ! C'est tout comme ! Vous paierez la course son juste prix, je vais pas vous rouler.

Des lumières surgissaient au bout de la route. Le type débraya, rétrograda, le carrefour approchait. Francesca s'agrippa à la poignée, ouvrit grand la portière et se catapulta sur la chaussée. Portière au vent, le taxi freina violemment quelques mètres plus loin. La voiture dérapa, se redressa, entama une marche arrière. Francesca se rétablit d'un bond en hurlant sa douleur à l'obscurité. Elle traversa la route en claudiquant. L'instant d'après, des phares provenant de l'horizon matérialisèrent sa silhouette aux yeux d'un conducteur ébahi qui stoppa net. Un crissement de pneus, le taxi disparut.

Le bon Samaritain qui venait de la secourir peinait à comprendre ses explications entrecoupées d'un sifflement de douleur : elle s'était fait une entorse en bonne et due forme. Il insista pour l'emmener aux urgences, qui n'étaient pas très loin ; justement, là-bas où brillaient les lumières.

Deux accidents à quelques heures d'intervalle, c'était un exploit, Paolo n'apprécierait pas ! De toute façon, le temps qu'elle rentre, les enfants seraient déjà couchés.

Une heure plus tard, le pied bandé, Francesca somnolait dans la salle d'attente. Le taxi que l'infirmière avait eu la gentillesse d'appeler ne serait pas là avant une bonne demi-heure. Heureusement, il n'y avait pas eu arrachement des ligaments ; elle souffrait, mais, en boitant légèrement, elle pouvait marcher. On lui proposa de l'accompagner jusqu'au poste de police ; après tout, elle avait presque été kidnappée ! Elle refusa. Et puisqu'on la regardait avec méfiance, elle crut bon de sortir sa carte d'avocate. Instantanément la méfiance se transforma en respect. Puissance des ordres.

4.

Le souvenir de son rendez-vous avec Clara la réveilla. Elle fouilla dans son sac, une chance de l'avoir gardé en bandoulière, au moment du grand saut ! Son portable marchait encore.

Clara paraissait gênée.

– Je pourrais venir vous chercher, proposa-t-elle. Vous pouvez marcher ?

– Je boite un peu, mais ça ira. Je vais attendre le taxi, je voulais juste vous prévenir de mon retard.

– C'est ma faute. Je n'aurais jamais dû vous entraîner dans cette histoire. Vous avez fait votre boulot, vous n'avez aucune obligation envers moi.

– Ce n'est pas une question de boulot, vous le savez bien. Je me sens… responsable.

– Vous prenez mon cas trop à cœur. Vous n'êtes absolument pas responsable.

– Comment va Cecilia ?

– Elle dort. Je vous expliquerai tout à l'heure. Ne vous pressez pas, nous avons le temps.

– Mais moi, je n'ai pas le temps! s'écria Francesca. J'ai déjà raté l'anniversaire de mon fils, je ne vais pas rentrer chez moi aux aurores!

– Vous m'avez dit que votre mari ne prête plus attention à l'heure où vous rentrez…

C'était vrai. Mais entendre de la bouche de sa cliente l'aveu qu'elle lui avait fait dans un moment de détresse la fit frémir. Elle n'avait pas toujours maintenu avec Clara la distance qu'elle s'imposait d'habitude avec ses clients. L'affaire Bonetti avait trop rapidement occupé une place à part dans sa vie professionnelle, elle en avait fait un combat dont l'enjeu était l'obtention de la garde de l'enfant pour la mère. Lorsque Clara avait compris que son mari ne reviendrait pas sur sa décision de divorcer, elle avait accepté la guerre qu'il lui avait déclarée et choisi son général : Francesca. Clara lui vouait une confiance qui frisait l'adoration. Elle s'était mise à nu devant elle, au propre comme au figuré.

Le jour où Francesca avait appris à sa cliente que son mari avait demandé une expertise psychiatrique comme preuve des comportements à risque auxquels se livrait sa femme, Clara avait répondu :

– J'ai arrêté. S'il me croit assez bête pour me faire enlever ma fille à cause de ça…

– Est-il vrai oui ou non que vous vous blessiez volontairement pour faire du chantage sur votre mari ? l'avait interrogée Francesca.

– Ce n'était pas du chantage ! C'était une… pulsion. Je ne pouvais pas m'en empêcher. J'ai commencé avant l'accouchement, j'ai continué ensuite de manière irrégulière. J'ai arrêté le soir où mon mari m'a annoncé son intention de demander le divorce.

Ensuite Clara s'était levée et s'était dirigée vers la porte. Francesca avait cru qu'elle voulait mettre fin à l'entretien et quitter le cabinet. Mais Clara avait fermé la porte à clé, puis s'était dirigée à l'autre bout de la pièce, loin des fenêtres, et s'était déchaussée le plus calmement du monde. Sans un mot, elle avait ôté sa longue robe-djellaba en broderie anglaise et son soutien-gorge en tulle brodé de fleurs ; elle n'avait gardé que sa culotte. Malgré les cicatrices innombrables, son corps était d'une beauté rare. Horrifiée par les marques de quelque pratique expiatoire, Francesca était restée d'abord muette.

– Je comprends votre répulsion. Mais j'ai arrêté.

– Qu'avez-vous fait là ? s'était exclamée Francesca, les yeux paralysés par les cercles rouges dessinés autour des mamelons.

– J'ai arrêté ! avait répété Clara. C'est beaucoup plus difficile que d'arrêter de fumer, mais j'y suis quand même arrivée. J'ai deviné le plan de mon mari : il veut m'enlever Cecilia ! C'est pour ça que j'ai arrêté.

– Il faut avouer que ce spectacle n'est guère rassurant ! C'est vous l'auteur de ce… massacre ?

– Vous voulez suggérer peut-être que mon mari… Je n'y avais pas pensé, mais ce n'est pas une mauvaise idée de lui en attribuer la responsabilité. Je suis prête à tout pour garder ma fille.

– C'est vous, oui ou non ? avait insisté Francesca.

– Bien sûr que c'est moi ! Mais n'allez surtout pas croire que je suis malade ! Il est vrai que ça ressemble fortement à une automutilation, mais j'ai pu m'arrêter. N'est-ce pas la meilleure preuve que je ne suis pas malade ?

– Quand avez-vous commencé à vous infliger ça ?

Clara n'avait pas répondu tout de suite. Elle avait enfilé sa robe-djellaba et glissé le soutien-gorge dans son sac.

– La première fois, c'était au tout début de mon septième mois de grossesse. Depuis plusieurs nuits, Cecilia se tordait dans mon ventre, je ne pouvais garder aucune position. Danilo, lui, dormait à poings fermés, l'air béat. L'approche de l'accouchement le rendait idiot. Il m'avait juré fidélité, mais il ne me touchait plus. J'avais énormément grossi, il ne le voyait même pas : il n'avait d'yeux que pour mon ventre. Il le vénérait et le montrait à tout le monde : il déboutonnait ma robe devant sa famille, devant les amis, il me prenait en photo... Je ne sais pas à quel moment ça a commencé, cette angoisse que rien ne pouvait calmer... Ça doit remonter à l'une de ces nuits où je ne pouvais dormir. J'ai eu cette pensée terrifiante que « quelqu'un » était entré en moi, dans mon corps, qu'il me possédait et que je ne pourrais plus jamais le déloger ! C'était un sentiment de panique absolue. Mon corps ne m'appartenait plus, il obéissait à une volonté indépendante de la mienne. Pour contrecarrer cette volonté, je n'avais qu'un moyen : le détruire. L'accouchement me terrorisait. Au fur et à mesure que l'échéance approchait, je me représentais l'instant épouvantable où la douleur m'emporterait. « Quelqu'un » allait sortir de moi, et le ferait à sa manière. Que ça me plaise ou non.

– Avez-vous parlé de vos angoisses à votre époux ? avait balbutié Francesca.

Sa cliente venait d'exprimer ce qu'elle avait elle-même ressenti, et à différentes reprises, au cours de ses deux grossesses.

– Vous rigolez ? Je n'en ai parlé à personne. C'est merveilleux, une femme enceinte ! Je portais des robes de créateurs, je m'épuisais dans des aquagyms, je me tartinais de crèmes antivergetures, et je détestais chaque jour un peu plus mon corps qui enflait. Je feuilletais des magazines où les femmes enceintes exhibaient leur grossesse avec bonheur. J'avais honte de la mienne. Je me souviens de l'image d'une fille en robe noire moulante, largement fendue, collant résille dans des baskets, le ventre qui pointait comme un petit ballon adorable. La pub d'un parfum montrait un mannequin qui offrait son ventre rebondi aux mains sensuelles d'un homme torse nu. Leurs corps étaient beaux et désirables malgré la grossesse. Le mien était laid et répugnant. Mon mari le vénérait, je savais qu'il ne s'agissait pas de moi. Il ne m'aimait plus, il n'aimait que mon ventre.

– Vous ne vouliez pas de cet enfant ?

– Vous n'y êtes pas. Ce n'était pas ça. Bien sûr que je le voulais, cet enfant ! Mais pas de cette manière ! Je ne voulais pas disparaître, moi, pour qu'il apparaisse, lui ! J'allais donner la vie, je l'entendais comme si j'allais donner *ma* vie.

Clara avait marqué une pause, puis elle avait continué :

– Le malaise s'est installé en contrepoint de la transformation du regard que mon mari portait sur moi. Il était devenu saint Joseph : témoin d'une volonté impénétrable qui commandait la sienne. Avec moi, il était aux petits soins comme jamais auparavant. Je n'étais pas dupe : ma personne ne comptait pas, je n'étais que l'enveloppe du cadeau. Mon corps se déformait chaque jour un peu plus et Danilo s'extasiait devant le contenu de mon ventre. Il avait fait vœu de fidélité pour la première fois de sa vie : ce que je n'avais pas réussi comme femme, je le réussissais comme mère ! Le comble est que je me suis découverte jalouse le jour où mon mari a cessé de me tromper ! Car j'ai vite compris que le prix à payer pour sa fidélité était son absence de désir.

– Vous étiez enceinte !

– Je ne ressentais pas ma condition comme passagère, j'avais l'intuition que quelque chose de définitif s'opérait en moi, en lui, dans notre couple.

– C'est pour ça que vous vous êtes infligé toutes ces blessures ?

– J'ai commencé dans un square où j'allais m'asseoir l'après-midi. J'observais les mères, jamais les enfants, seulement les mères. J'avais sur moi ma carte bleue, je jouais à la frotter sur mon avant-bras avec ce geste que font les caissières quand la carte ne passe pas. À force de frotter, une marque rouge s'est formée : c'était fascinant. À la maison, j'ai continué à racler la peau de mon bras en dessinant, cette fois, des lignes plus ou moins régulières. Je ne me suis plus arrêtée. Après les bras, je suis passée au ventre, la surface s'y prêtait. J'ai aussi diversifié mes instruments : trombones, punaises, plumes de stylos, éclats de verre, lames de rasoir... Brûlures de cigarettes.

– Mais vous n'aviez pas mal ?

– Évidemment que j'avais mal ! Une fois j'ai eu tellement mal que je me suis évanouie. C'était peu de temps avant l'accouchement, c'est Danilo qui m'a trouvée...

– Vous avez continué après la naissance de votre bébé ?

– Faites-moi plaisir : n'utilisez pas ce mot-là ! C'est qui, « bébé » ? « Bébé », c'est personne ! Je n'ai pas eu un bébé, moi, j'ai eu une fille, et elle s'appelle Cecilia ! Vous aurez du mal à me croire, après tout ce que je viens de vous raconter, mais j'étais tellement heureuse quand je l'ai eue dans mes bras ! Jamais je n'aurais imaginé cette joie-là ! L'accouchement avait été une épreuve, malgré la péridurale, mais une fois que ce « quelqu'un » caché dans mon ventre en est sorti, et que j'ai vu Cecilia, je n'en revenais pas que ce fût seulement possible !

– Pourquoi alors avez-vous continué les mutilations ?

Les lèvres de Clara avaient frémi :

– Je n'aurais jamais recommencé s'il avait tenu sa promesse !

– Quelle promesse ?

– La promesse de m'aimer.

– Vous voulez dire la promesse de vous rester fidèle…

– Après l'accouchement, je ne faisais plus la différence entre fidélité et amour.

5.

Renversant des chaises sur leur passage, les infirmiers couraient derrière un brancard sanguinolent. Des hurlements envahirent la salle d'attente, une femme commença à vomir à même le carrelage sans que personne ne s'en émût. Un enfant d'environ trois ans qui dormait dans les bras de sa mère, enveloppé dans un plaid de fortune, se réveilla et poussa des cris, étouffés par le brouhaha général. Trois carabiniers surgirent sur le pas de la porte, décidés à calmer ce petit monde.

– Poussez-vous ! Laissez passer !

Francesca se précipita derrière le brancard. Essoufflée, elle parvint cependant à apercevoir la tête du blessé : elle ne s'était pas trompée. Le visage ensanglanté sur la civière était bel et bien celui du faux chauffeur qui avait failli lui faire sa fête. Elle comprit alors ce qui avait provoqué l'émotion générale : ce n'était pas le spectacle de l'accidenté lui-même, mais sa jambe coupée, exposée comme un accessoire sur le drap blanc qui recouvrait le corps jusqu'au cou. À son tour, Francesca poussa un cri.

– Il s'est écrasé avec sa bagnole contre le mur du *California dreamin'*, expliqua l'infirmière qui l'aidait à avaler un calmant.

– Heureusement qu'avec cette pluie il n'y avait aucune table dehors ! Sinon bonjour les dégâts ! commenta la jeune femme à l'accueil.

– Je te le fais pas dire ! Le *California* est toujours bondé, c'est la meilleure pizzeria de la côte !

L'infirmière accompagna Francesca dans une petite salle où des piles de produits pharmaceutiques étaient érigées à même le sol ; les étagères en métal qui couvraient les murs n'auraient pu contenir un seul flacon supplémentaire. Francesca venait d'avoir une de ces crises qui l'avaient poursuivie toute son enfance ; depuis combien d'années n'en avait-elle pas eu ? Aussi loin qu'elle remontait dans sa mémoire, ces crises se confondaient avec des mots chantés et les mains de sa mère sur son front :

– C'est fini, c'est fini…

Le mot « fin » avait pour Francesca des résonances magiques. Depuis toujours, elle peinait à concevoir la fin d'une histoire autrement que sous la forme d'un *happy end.*

Elle aurait voulu expliquer que le blessé était le type de son taxi, mais les mots ne sortaient pas de sa bouche.

« Le taxi… » se rappela-t-elle brusquement.

Elle bondit du lit où elle se reposait, quitta la petite pièce, chercha le chemin jusqu'à l'accueil. Dans le couloir, elle suivit deux blouses blanches en train de commenter :

– Il ne s'en sortira pas ! Il était complètement défoncé… Pauvre gamin !

Depuis l'accueil, elle aperçut le taxi devant l'entrée de l'hôpital.

– Je suis là ! cria-t-elle.

À l'intérieur de la voiture, son premier réflexe fut de vérifier le taximètre.

– Tor San Lorenzo, annonça-t-elle en s'affalant sur le siège.

– Quelle rue ?

– Je vous le dirai quand nous y serons.

– Vous étiez là quand on a amené le type qui s'est écrabouillé contre le *California* ? insista l'homme.

– Oui.

Le chauffeur alluma la radio. Björk chantait :

We go to that hidden place.

6.

Francesca était rentrée chez elle plus tard que d'habitude le soir où Clara lui avait montré les blessures qu'elle s'était infligées. Après de tels aveux, Francesca avait insisté pour la raccompagner. Clara ne conduisait pas, elle prenait toujours le car pour rentrer chez elle. Elles s'étaient d'abord rendues chez la belle-mère, qui gardait Cecilia tous les jours jusqu'à dix-huit heures.

– Pourquoi ne gardez-vous pas votre fille vous-même ? avait demandé Francesca dans la voiture.

– Il est difficile de changer les choses, une fois qu'elles nous ont imposé leur logique. Au début, je voulais m'occuper de ma fille, mais mon mari s'y est opposé. Peut-être aussi que cette situation m'arrangeait, allez savoir…

– Votre fille a désormais l'âge d'aller à la maternelle !

– Elle ira l'année prochaine. Ce sera parfait : j'aurai la garde, Cecilia ira à l'école, nous aurons tout le temps de nous connaître.

– Vous connaître ? Mais c'est votre enfant !

– Ça, c'est sûr ! Sauf qu'il faudrait le faire comprendre à ma belle-mère !

– Depuis combien de temps s'en occupe-t-elle ?

– Depuis toujours, avait répondu Clara.

Puis elle avait ajouté :

– C'est de ma faute. Au début, je lui confiais volontiers Cecilia, ça me laissait du temps pour moi, je pouvais souffler. Et puis je voyais bien que mon mari préférait que sa mère s'en occupe.

– Il est quand même étrange que vous ayez accepté de vous priver de votre enfant, surtout que vous ne travaillez pas ! Il faudra trouver de bonnes raisons à votre comportement sinon nous aurons du mal à obtenir la garde !

– Mais j'ai travaillé ! Justement, j'ai travaillé ! Quand Cecilia avait trois mois, j'ai revu un ami de fac, employé dans une petite maison d'édition. J'étais en pleine déprime, je lui ai parlé de mes déboires, il m'a proposé des traductions pour son éditeur. J'étais heureuse, j'aimais bien ce boulot, et puis ça m'empêchait de penser à mon mari qui avait repris sa vie d'avant : les minettes, les dîners en ville, les hôtels et tout le bazar.

– Il vous en parlait toujours ?

– Non ! C'était fini. Sur ce point il avait complètement changé. J'étais désormais obligée de l'espionner, de contrôler son portable, de faire ses poches, de vérifier ses horaires, ses rendez-vous professionnels… C'est vite devenu épuisant. Chaque fois que je découvrais un nouveau numéro sur son portable, il fallait que je mette un nom dessus. Et un visage aussi. Pendant des mois, je me suis livrée à de vraies enquêtes policières ; une fois, je l'ai même suivi à l'hôtel où il avait emmené une collègue. J'ai pris la chambre à côté, je les ai entendus baiser, ça m'a rendue folle. Il fallait que je fasse quelque chose ! Ça ne pouvait plus durer… Et comme les scènes de jalousie, ce n'est pas mon style, j'ai calmé ma douleur en recommençant avec les entailles.

– Pourquoi vous faire ça ?

– Je faisais ce que je pouvais… C'est vrai que j'aurais pu aussi me soûler, me droguer ou me jeter par la fenêtre. Ça m'aurait calmée pareil.

– Tout ce que vous dites nous laisse bien peu de marges de manœuvre quant à la possibilité de vous obtenir la garde de Cecilia. Vous le comprenez, n'est-ce pas ?

Clara s'était mise en colère.

– Pourquoi ? Je vous ai dit que j'ai arrêté ! Et puis, vous n'êtes pas obligée d'aller répéter au juge tout ce que je vous raconte ! Moi, j'ai besoin de vous dire la vérité parce que je veux que vous sachiez tout sur moi, sur mon couple ! Mais vous n'avez pas à me mettre à nu devant le juge ! Vous n'avez qu'à chercher les bons arguments et à bien bâtir ma défense. C'est vous le maître du jeu ! Vous devez monter la stratégie de la victoire. Car je mérite de gagner, je vous assure ! Mon mari est un salaud qui a kidnappé ma fille pour l'offrir à sa mère !

Francesca avait freiné brusquement, le feu était passé au rouge. Elles venaient de contourner Castel Sant'Angelo ; tout en haut de la forteresse, l'ange rengainait l'épée, les ailes empêtrées dans les nuages. L'argument était absolument recevable, pourquoi n'y avait-elle pas pensé avant ? Le mari voulait obtenir la garde de l'enfant pour l'« offrir » à sa propre mère ! Quelle meilleure défense que ce kidnapping du père visant à séparer l'enfant de la mère au profit de la grand-mère ?

– Génial ! s'était exclamée Francesca.

Et comme Clara l'avait regardée sans comprendre, elle avait ajouté :

– Ce sera notre maître argument, notre thèse, et nous n'en démordrons pas ! Votre époux veut vous enlever Cecilia pour en faire cadeau à sa propre mère !

– Ce n'est pas une thèse, c'est exactement ce qui s'est passé, avait répondu Clara. J'ai compris trop tard que ma belle-mère voulait s'accaparer ma fille. Au début, je ne me suis pas méfiée de sa disponibilité, de sa générosité, de son dévouement. Très rapidement, je me suis sentie incapable de faire aussi bien qu'elle. J'étais aveuglée par mes problèmes de couple, je ne voyais pas sa bataille. Elle était constamment en compétition avec moi. Elle jouissait quand Cecilia se détournait de moi pour se réfugier dans ses bras. Une fois Cecilia lui a dit : « Maman est méchante ! » J'étais stupéfaite. Je ne pouvais pas croire qu'un être aussi petit, ma propre fille, pût me faire autant de mal. Elle semblait comprendre à la perfection quel était l'enjeu entre ma belle-mère et moi. Mon mari me reprochait de ne pas faire aussi bien qu'elle, de ne pas nourrir Cecilia comme il fallait, d'abandonner la partie dès qu'elle refusait de manger... Il me donnait sans cesse sa mère en exemple : c'était la seule à savoir s'y prendre avec ma fille ! Au moment des repas, elle avait l'habitude de s'isoler dans la cuisine avec Cecilia, elle prenait son temps, elle la distrayait avec des jeux quand elle refusait d'ouvrir la bouche, elle veillait toujours à lui faire terminer son assiette. Moi, je m'impatientais, je me fâchais, je laissais tomber… Mon mari a raison : je suis une mauvaise mère.

Elle avait baissé la vitre, puis elle avait ajouté :

– Et puis un jour il y a eu la chute…

– Quelle chute ?

– J'étais chez ma belle-mère quand c'est arrivé. J'étais allée chercher Cecilia plus tôt que d'habitude, j'avais travaillé pendant des heures, j'étais contente de ma journée, j'avais envie de récupérer ma fille. Pour une fois, je ne l'avais pas gardée moi-même pour de bonnes raisons. J'ai immédiatement senti que ma belle-mère n'appréciait pas ce changement dans nos habitudes : elle était contrariée, elle ne voulait même pas me laisser entrer. « La petite fait la sieste, va faire un tour en attendant qu'elle se réveille. » J'ai failli la croire. J'allais rebrousser chemin quand des gazouillements provenant de la chambre m'ont fait comprendre la situation. Ma fille ne dormait pas, ma belle-mère ne supportait pas qu'on la lui enlève avant l'heure. J'étais furieuse. Je l'ai bousculée, je l'ai poussée contre le mur, mais je ne l'ai pas frappée, contrairement à ce qu'elle a raconté ensuite à Danilo. Je me suis précipitée dans la chambre où Cecilia était en train de jouer. En me voyant débouler dans la pièce, elle a eu peur et a fondu en larmes. Ma belle-mère me l'a arrachée des bras, m'a accusée d'être violente, de lui faire du mal, de ne pas savoir m'y prendre avec un bébé ! Elle l'appelle toujours « bébé » : « Bébé a dormi », « Bébé a mangé », « Bébé aime sa mamie »... Elle n'a jamais prononcé son prénom sous prétexte que c'était un mauvais choix, encore une de mes lubies. En réalité, elle ne m'a jamais pardonné de ne pas l'avoir appelée Lucia, du prénom de la grand-mère maternelle de mon mari.

– Et la chute ?

– La chute, c'est arrivé après. Ma belle-mère a d'abord prononcé cette phrase qui m'a fait plus de mal que toutes les entailles et les scarifications... Elle m'a dit textuellement : « Ma petite-fille n'a que faire d'une mère comme toi ! » J'ai cru qu'elle appelait Cecilia « ma petite fille » ! Que ça lui avait échappé et que je venais de la démasquer ! Alors j'ai hurlé que c'était *ma* fille, je l'ai attrapée et j'ai voulu partir. Cecilia a aussitôt recommencé à pleurer. Ma belle-mère s'est mise à crier que j'étais une brute, qu'il fallait changer sa couche… Je me suis alors rendue dans la salle de bains, ma belle-mère m'a suivie, elle n'arrêtait pas de me donner des ordres, elle essayait de m'arracher Cecilia des bras. J'étais nerveuse. Cecilia m'a glissé des mains, elle est tombée de la table à langer…

Clara s'était mise à sangloter. Francesca s'était demandé pourquoi un tel récit se déroulait dans sa voiture, au milieu des embouteillages d'un après-midi pluvieux, sur un des *lungotevere* les plus chargés de la ville, alors qu'elles avaient eu tant d'occasions de parler. Elle ne pouvait même pas prendre de notes, et pourtant les confidences de Clara étaient le matériel le plus précieux qu'elle ait eu à sa disposition depuis le début de l'affaire. Elle avait tressailli en entendant de nouveau la voix de sa cliente :

– Les hurlements de ma belle-mère ont ameuté les voisins. Elle était sortie sur le palier, se frappait le crâne contre le mur, s'arrachait les cheveux, appelait à l'aide. Moi, je serrais ma fille sur ma poitrine, je lui parlais sans relâche, je la suppliais de me répondre. Elle ne donnait aucun signe de vie. J'ai vu la fin approcher. Je sentais en moi une volonté de fer, une conviction inébranlable et en même temps une terreur indescriptible. Je savais qu'elle allait se réveiller, mais la seconde d'après je ne savais plus rien. Je n'ai pas vu arriver les voisins. J'étreignais Cecilia contre moi, je faisais des promesses absurdes pour la sauver. Au bout d'un temps interminable, elle a brusquement rouvert les yeux et a poussé un cri aigu : le même qu'à sa naissance. Ma belle-mère me l'a immédiatement arrachée des bras. Je vous laisse imaginer la suite. Accusations, reproches, menaces, larmes, conseil de famille. Ce jour-là, Danilo a décidé que notre fille passerait la nuit chez sa grand-mère. D'autres nuits ont suivi. Depuis, je n'ai jamais pu reprendre ma fille dans mes bras sans avoir peur de la lâcher.

– Ça, vous le garderez pour vous ! s'était hâtée de lui conseiller Francesca. Il ne faut pas que le juge ait le moindre doute sur votre capacité à assurer la sécurité de votre enfant. Déjà que nous aurons beaucoup de mal avec tout ce que votre mari va raconter sur les automutilations… Cet accident n'arrange pas les choses ! Mais nous allons baser notre défense sur la tentative de « rapt » de l'enfant ; nous alléguerons que, par l'intermédiaire de votre époux, votre belle-mère essaie de vous enlever Cecilia dans le but de se l'approprier, elle… En un sens, votre époux est le bras armé de sa mère, n'ayant plus d'autre volonté que la sienne.

– Vous n'êtes pas loin de la réalité. Quand je l'ai connu, mon mari n'était qu'un *vitellone* de trente ans qui vivait encore chez ses parents. Il travaillait depuis l'âge de vingt-cinq ans dans la même banque, où il est encore employé aujourd'hui, et dépensait l'intégralité de son salaire en fringues. Ses parents lui payaient le reste : restaurants, voiture, vacances. Sa mère était aux petits soins : elle se levait tôt le matin pour lui préparer le petit déjeuner, lui faire couler son bain, lui cirer ses chaussures; elle glissait même chaque jour dans sa serviette un petit en-cas… Mon mari rentrait déjeuner chez ses parents, ce qu'il a continué à faire même après le mariage. Aujourd'hui encore, ma belle-mère l'appelle au bureau au moins deux fois par jour, et si elle ne le fait pas, c'est lui qui appelle. Il déjeune également chez ses parents tous les dimanches. Sans moi. Et il en profite pour apporter à son père quelques notes à régler : électricité, téléphone, garagiste, c'est selon. À sa mère, il apporte du repassage. Ma belle-mère est flattée d'avoir à repasser ses chemises, et son fils n'en finit pas de faire l'éloge de son pli parfait. Je n'exagère pas, je ne caricature rien : c'est la vraie vie de mon époux.

– Ça a toujours été comme ça ?

– Non. Au début, avec moi, elle montrait patte blanche. Je crois qu'elle était contente de voir enfin son fils unique s'installer pour de bon : un grand garçon de son âge encore chez papa-maman, ça faisait jaser. Mais une fois mariés, elle a complètement changé d'attitude. Elle n'a jamais pu, par exemple, regarder jusqu'au bout notre album de mariage. Elle voulait bien que son fils soit marié, mais elle ne voulait pas que sa belle-fille prenne trop de place dans sa vie. D'ailleurs, elle n'a jamais reproché à Danilo ses infidélités, elle a même toujours été fière de ses conquêtes féminines. Elle jouissait en me montrant que je n'étais pas la seule : récits, anecdotes, photos, rien ne m'a été épargné ! Un jour elle m'a carrément conseillé de fermer les yeux sur ses aventures : « C'est un homme, et les hommes sont comme ça ! Si on veut les tenir, mieux vaut les laisser courir ! » Je suis allée au-delà de ses espérances. Puisque mon époux ne pouvait s'empêcher d'être infidèle, puisqu'il avait besoin de coucher avec toutes les filles, eh bien moi, je ne demandais qu'une chose, y participer aussi ! Ma belle-mère ne l'a pas supporté.

Pour une fois je faisais mieux qu'elle : par amour, j'acceptais d'être consciemment trompée! Elle m'a haïe pour ce qu'elle a appelé ma dépravation. En réalité, elle était follement jalouse.

– Et votre beau-père?

Elles étaient arrivées en bas de l'immeuble de madame Bonetti mère, dans le quartier de Monteverde Nuovo.

– Il compte pour des prunes, avait répondu Clara. Son rôle a toujours consisté à débourser du fric pour combler les envies de son fils. Même s'il passe son temps à râler, à l'accuser d'être égoïste, pourri, gâté… il continue à lui filer des sous. En fait, à l'exception de son boulot, Danilo n'a jamais eu d'autre souci dans la vie que de plaire aux femmes.

7.

Dans son demi-sommeil, Francesca entendit le chauffeur marmonner :

– Vous dormez ?

– Nous sommes bientôt arrivés ? demanda-t-elle en se raclant la gorge.

– Est-ce que ça vous gêne si je fais un petit détour pour faire le plein ? Ça m'arrangerait de faire le plein ce soir.

– Je suis pressée. Je devrais déjà être rentrée.

– Je ne veux pas me mêler de ce qui ne me regarde pas, mais qu'est-ce que vous faisiez aux urgences ?

Elle hésita, puis elle raconta tout : son accident Via Cola di Rienzo, sa mésaventure avec le faux taxi, le grand saut sur la chaussée, à l'entrée de Torvaianica, l'entorse, le bon Samaritain, les urgences et, cerise sur le gâteau, le blessé qui n'était autre que le chauffeur de son faux taxi.

– Dites donc, vous avez la poisse ! commenta le chauffeur, tout content de la soudaine loquacité de sa cliente. Alors, vous êtes avocate ?

– C'est ça. Et ce soir, je rends visite à une cliente qui a la poisse elle aussi.

– Vous faites mieux que les médecins ! Pas facile aujourd'hui d'en trouver un pour les visites à domicile.

Francesca ne relança pas la conversation. Croyant reconnaître les premières maisons de Tor San Lorenzo, elle s'approcha un peu plus de la vitre.

– Tant qu'à faire, continua le chauffeur, je vais profiter de vous avoir à bord pour vous demander conseil, si ça ne vous dérange pas.

– Dites toujours.

– Nous serons arrivés dans moins d'un quart d'heure. Le temps de vous exposer mon petit problème. J'habite un pavillon pas loin d'ici…

– Vous habitez Tor San Lorenzo ?

Il ralentit, vérifia que la voie était libre, tourna à gauche.

– Depuis bientôt vingt ans. Quand je suis venu habiter dans ce bled, il n'y avait même pas d'égouts, si vous voyez ce que je veux dire. Aujourd'hui encore, le canal là-bas empeste l'air : en plein été c'est carrément le palu… Nous allons y passer, je vais vous montrer, ce n'est qu'une toute petite déviation. J'habite là-bas, vous voyez les grilles roses ? On l'appelle le « Village Rose », mais de rose il n'y a que les grilles : c'est une copropriété à problèmes, il y en a beaucoup par ici. Or, le mois dernier, je me suis aperçu que mes voisins, un jeune couple complètement à la dérive, on dit même qu'ils se shootent à l'héro, ils ont des mômes en plus, deux petits qui n'ont même pas l'âge d'aller à l'école… Bref, ce couple loue le rez-de-chaussée de la maison d'à côté, je sais pas de quoi ils vivent, ils sont tout le temps fourrés chez eux, on peut tout imaginer. Le mois dernier, donc, j'ai reçu une note d'électricité faramineuse, six cents euros, ça va chercher dans le million deux cent mille lires… Je n'en revenais pas, j'ai cru à une erreur. J'ai couru vérifier mon compteur. Dans cette copropriété pourrie, tous les compteurs sont rassemblés au même endroit, comment voulez-vous garder un œil dessus ? Je vérifie donc mon compteur, et là, qu'est-ce que je découvre ?

Francesca s'impatientait, elle se disait qu'ils seraient déjà arrivés s'il n'avait pas tourné à gauche tout à l'heure.

– Nos voisins s'étaient carrément branchés sur notre compteur ! Si ma femme ne m'avait pas retenu, je vous jure que j'aurais défoncé leur porte ! Et pas que leur porte ! Finalement, nous avons appelé mon beau-frère qui est électricien, il est venu sur le champ et a coupé tous les fils. Ensuite nous sommes allés voir les carabiniers. Et vous savez ce qu'ils nous ont dit, les carabiniers ? Qu'il ne fallait pas couper les fils ! Que j'avais détruit des preuves !

– Ils avaient raison !

– Ah ! parce que ma note d'électricité, c'est pas une preuve ça ?

– Non.

– Non ? Mais je vais me les payer, les camés ! Je vais prendre un avocat…

– Je vous le déconseille.

– Et c'est vous qui me le déconseillez ?

– Vous paierez ses honoraires plus cher que le montant de la fraude dont vous avez été victime. Et vous n'êtes même pas sûr de récupérer votre argent…

– Alors je dois m'écraser ? C'est ça, la justice ?

– Si vous en faites une question de justice, vous avez raison d'entamer une procédure : vous gagnerez ou non, vous aurez au moins la satisfaction d'avoir fait ce qu'il fallait faire. Je vous dis simplement que ça vous coûtera cher.

Le taxi s'arrêta devant les grilles d'un complexe résidentiel où les véhicules ne pouvaient pénétrer que munis d'un passe magnétique. Au-delà, des ruelles obscures s'enlaçaient en un labyrinthe où il semblait difficile de s'orienter. Francesca prit son portefeuille, le chauffeur tripotait la radio à la recherche d'une station.

– Laissez, s'il vous plaît, dit-elle en reconnaissant la voix de Cecilia Bartoli.

Gelido in ogni vena scorrer mi sento il sangue,
l'ombra del figlio esangue
m'ingombra di terror[2].

Sous les réverbères, au milieu des alignements de voitures garées de part et d'autre de la rue, Francesca sentait monter l'odeur de la mer. Elle régla la course puis s'enfonça dans le labyrinthe. Hors saison, nul café ouvert, nul repaire.

2. Glacé dans chaque veine / je sens couler mon sang, / l'ombre du fils exsangue / m'encombre de terreur (Vivaldi, *Gelido in ogni vena*).

8.

Aussitôt rentrée, le soir où elle avait accompagné Clara chez sa belle-mère, Francesca s'était enfermée dans son bureau. Paolo dînait avec les enfants, elle avait prétexté une affaire urgente. Son fils aîné avait marmonné quelque chose, le cadet avait éclaté en sanglots. Il fallait convenir qu'elle ne faisait pas beaucoup d'efforts pour sa famille, après le travail. Ses questions sur le déroulement de leur journée prenaient toujours une nuance de bonne volonté affichée.

« Te fatigue pas ! répondait Paolo. Va travailler, je m'occuperai des enfants. Tu leur souhaiteras bonne nuit plus tard. »

Dans la chambre, les petits bras de Jacopo ne voulaient jamais la quitter ; Tiziano, lui, feignait toujours de dormir. « Le jour viendra, se disait-elle, où je comblerai toutes mes absences, réparerai tous mes manques, rachèterai toute mon insuffisance maternelle. »

Pourquoi Paolo ne l'avait-il pas aidée à devenir une bonne mère ? Pourquoi les choses s'étaient-elles déroulées ainsi et pas autrement ? Pourquoi leur couple s'était-il enlisé dans le ressentiment, les reproches muets, la lutte silencieuse ? Ils étaient jeunes, cultivés, aisés, *modernes*. Comment avaient-ils pu tomber dans le même piège que tout le monde ?

Tous les deux avaient pourtant cru dans leur choix de ne pas se laisser enfermer dans le cliché des rôles. Ni leur amour ni l'amour envers leurs enfants ne devait entrer en conflit avec leur épanouissement personnel. Ils en étaient convaincus, ils se l'étaient promis.

Certes, elle avait délégué à Paolo le quotidien avec les enfants, mais ce quotidien, elle l'avait structuré en amont ! Depuis toujours, elle organisait le bon déroulement de la journée familiale, que d'autres assuraient à sa place : elle choisissait, instruisait, contrôlait, rémunérait la femme de ménage, la baby-sitter, le boulanger, le charcutier, le boucher, le marchand de légumes. Elle avait un compte ouvert chez les meilleurs commerçants du quartier, la femme de ménage faisait les courses et remplissait réfrigérateur et cellier sur la base d'une liste que Francesca lui laissait chaque matin sur la table de la cuisine, avec l'inventaire du nettoyage à effectuer dans l'appartement. La baby-sitter veillait sur les enfants avant et après l'école. Francesca réglait les notes du pédiatre, du coiffeur, de l'école de musique et de la salle de sport. Leur ménage ne tenait debout que grâce à cette organisation parfaite, même si elle n'était pas là pour assister à l'exécution des tâches. Que lui reprochait-il, au fond, son mari ?

Dans la journée, Paolo ne quittait presque jamais la maison ; elle, en était absente jusqu'au soir. Pourquoi cette différence avait-elle fini par poser problème ? L'emploi du temps de Paolo était confortable : il préparait ses cours, corrigeait des copies, passait son temps à lire, à écrire, à « réfléchir ». Elle enviait son mode de vie, il lui reprochait de ne pas le comprendre. Elle rêvait d'avoir autant de liberté professionnelle ; il jalousait sa vie à l'extérieur. Il accueillait les enfants au retour de l'école, assistait à leur goûter, suivait leur apprentissage scolaire, vérifiait leur cartable, nouait leurs lacets, leur mouchait le nez ; elle s'impatientait dès qu'ils s'accrochaient pour une broutille. Il leur donnait son temps sans compter ; elle en était avare. Paolo était un père parfait. Francesca s'interrogeait sur ses qualités de mère.

Elle se demandait par exemple si, à la place de Paolo, elle se serait autant consacrée aux enfants, malgré la présence quotidienne d'une baby-sitter. Car rien ne l'obligeait à s'investir à ce point dans leur éducation. Pourquoi se laissait-il aussi facilement distraire par ses obligations paternelles au lieu de mener à terme ses travaux ? Depuis des années, il traînait un canevas de roman, il avait même imposé des recherches sur le sujet à ses étudiants, mais son manuscrit restait à l'état de projet. « Paolo manque d'ambition », se disait Francesca.

Le doute l'effleurait parfois que son mari lui en voulût de son efficacité et de sa réussite professionnelle. S'il redoublait d'attentions envers les enfants, n'était-ce pas dans le but de souligner ses manques à elle, d'accentuer ses absences, de dresser la liste des chefs d'accusation qu'il lui présenterait en bloc, tôt ou tard ?

Était-ce la seule raison de cette hargne qu'elle percevait chez lui sans oser l'affronter ? De quoi l'accusait-il, au juste ? Quelle était sa faute ? De ne pas être une mère comme les autres, une mère conventionnelle ? Mais puisqu'ils s'étaient juré qu'ils ne seraient jamais comme les autres ! Qu'ils ne formeraient jamais un couple conventionnel ! Que chacun agirait suivant ses besoins, selon son temps et ses engagements ! Sans préjugés, sans définition préalable des rôles, dans l'amour mutuel, la solidarité et la fidélité.

Les belles paroles ! Comme ils se l'étaient promise, cette fidélité ! Pas la fidélité sous contrainte de ceux qui se surveillent, la fidélité confiante de ceux qui s'aiment. Serment impossible à tenir dans la durée.

À l'époque où l'amour et le désir nourrissaient leur attachement, Paolo n'éprouvait pas le besoin de faire usage de cette liberté qu'ils s'étaient généreusement octroyée l'un l'autre. La liberté était là : entière, proclamée, reconnue et merveilleusement sans emploi. À l'époque, ils se moquaient de la fidélité étriquée des couples mariés, mais Paolo n'aurait jamais songé à la tromper. À quel moment avait-il commencé à draguer ses étudiantes ? Ils n'en avaient jamais parlé. Les choses s'étaient passées discrètement : il avait commencé à sortir le samedi, quand elle était à la maison avec les enfants, puis le soir, en semaine, après son retour. L'habitude s'était installée de façon insidieuse. Au début, elle ne lui avait pas demandé avec qui il sortait, ensuite la question s'était avérée impossible à poser. Et si elle n'osait pas la lui poser, cette question qui la torturait plus qu'elle ne pouvait l'admettre, c'était parce que son mari était toujours présent auprès des enfants. De quoi se sentait-elle coupable pour être à ce point inhibée face à une question somme toute légitime ? De ne pas être à sa place auprès des enfants ou de ne pas être à sa place dans le lit conjugal ?

Elle savait que Paolo couchait avec certaines de ses étudiantes ; que se serait-il passé si elle l'avait entendu de sa bouche ? Elle avait quelquefois surpris des bribes de conversations téléphoniques plus qu'équivoques : mots chuchotés, longs silences, attente qu'elle eût disparu de la pièce. Elle s'était fait une règle de ne pas s'en mêler ; souci de respecter leur ancien pacte de liberté ou peur de la vérité ? Ils s'étaient promis que leur couple ne s'encombrerait pas de la jalousie, passion stérile et mortifère. Elle restait convaincue de la sagesse de ce serment. Elle avait vu trop de couples se défaire dans une volonté sauvage de destruction de l'autre. Et, à chaque fois, l'arme inavouable et inavouée de cette lutte sans merci, c'étaient les enfants.

Francesca s'était juré que jamais elle ne se laisserait entraîner dans cette guerre-là : jamais elle ne ferait de ses enfants les otages de son mariage raté. Bien avant d'être la brillante avocate qu'elle était devenue, Francesca croyait en la possibilité de se révolter contre la fatalité.

9.

Elle avait refermé doucement la porte de la chambre des enfants. Le salon était plongé dans le noir. Il était tard, Paolo avait dû sortir. Elle avait hésité entre la cuisine et le bureau de son mari, entre l'envie d'ouvrir le réfrigérateur et celle d'aller fouiller dans ses affaires. Combien de fois avait-elle été tentée de regarder dans son agenda, son carnet d'adresses, ses tiroirs, son ordinateur ? Elle avait toujours résisté à cette pulsion avilissante, se demandant toutefois si c'était par orgueil ou par peur. Le bureau de son mari était installé tout au fond du couloir ; le sien, beaucoup plus petit, se trouvait du côté opposé, face à la cuisine. Quand ils avaient emménagé, elle avait insisté pour qu'il accepte ce partage. À l'époque, comme aujourd'hui, c'était elle qui réglait le loyer de leur appartement, cent cinquante mètres carrés au neuvième et dernier étage d'un immeuble des années vingt, à Testaccio. Le bureau de Paolo ouvrait sur une petite terrasse, chose rare dans ce quartier ; la terrasse avait vue sur le Tibre et croulait sous la végétation. Les murs étaient couverts de jasmin blanc, la fleur préférée de Paolo.

Ce soir-là, Francesca était entrée dans le bureau de Paolo sans allumer et avait poussé la porte-fenêtre. Leur femme de ménage adorait « le professeur » : c'était elle qui fleurissait généreusement sa terrasse. L'odeur forte du jasmin, l'obscurité du *lungotevere* pointillée des phares des voitures lui faisaient monter les larmes aux yeux. La nuit, tout semblait définitif : les erreurs passées et l'avenir hypothéqué. Elle avait quitté la terrasse, gagné la chambre. Surtout s'éloigner de la cuisine, surtout repousser le souvenir du corps de Clara sillonné des traces de son désespoir. Elle avait sursauté en apercevant la bosse de chameau qui émergeait du lit : Paolo était déjà couché ! Immobile, elle avait attendu que ses yeux s'habituent au noir, puis elle avait repéré les boucles blondes sur l'oreiller, les dents qui pointaient de sa bouche entrouverte. Elle avait osé un geste, dégagé le front, suivi de son index l'arête du nez. Il avait émis un grognement sans se réveiller. Elle avait reculé, prise en faute. En changeant de position, Paolo avait laissé tomber la couverture, son sexe était en érection. Qu'est-ce qui lui interdisait là, maintenant, de caresser le ventre de son mari, d'y poser ses lèvres, d'y frotter sa peau ? Qu'est-ce qui lui empêchait d'ôter sa chemise, sa jupe, et de grimper sur lui ? N'était-il donc plus son mari ?

Comment réagirait-il si, après tant d'années, elle lui revenait ainsi, comme une voleuse dans son sommeil ? Si elle lui arrachait un désir qu'elle ne ressentait plus ? Car elle n'éprouvait plus cette envie d'être serrée contre lui, collée à lui dans les frottements, la sueur, les murmures, les gémissements et les râles. Que cherchait-elle *avant*, lorsqu'elle se débattait dans ses bras ? Le mouvement du désir, l'atteinte du plaisir, ou le calme qui s'ensuivait ?

Plusieurs fois la réponse s'était esquissée dans sa tête : et si l'unique but n'était chaque fois que la preuve du désir de Paolo ? La confirmation qu'elle était encore désirée, et donc toujours désirable ? Était-il possible qu'à son âge elle ne connût pas encore ce qu'était son propre désir ? Le doute lui était venu quand son bouillonnement avait fini par s'assourdir. Tant que Paolo avait continué à la désirer, elle était comblée. Elle ne se posait pas la question de savoir si elle avait toujours envie de faire l'amour avec lui. Le tournant était apparu le jour où elle avait dû s'avouer que Paolo ne la désirait plus : qu'il l'aimait encore mais qu'il en désirait d'autres. Quoi qu'elle ait pu se raconter à l'époque, ç'avait été l'effondrement. Pourtant elle non plus, elle ne le désirait plus, et depuis plus longtemps encore. Si ce divorce entre le désir et l'amour, qu'elle s'obstinait à vouloir considérer accidentel, ne l'embarrassait pas chez elle, pourquoi la désespérait-il chez lui ?

Elle pouvait encore désirer un homme, elle pouvait encore le désirer, lui. Elle ne voulait pas cesser d'y croire.

Dans la cuisine, la grande horloge au-dessus du réfrigérateur marquait une heure trente. Le lendemain, neuf heures, elle devait plaider devant le juge pour une affaire d'enlèvement d'enfant. Pendant trois jours, un père alcoolique, auquel le droit de visite avait été refusé, avait kidnappé son fils de six ans sans donner de nouvelles. Il était allé le chercher à l'école, avait prétexté la mort de sa grand-mère auprès des institutrices, puis était parti avec le petit dans sa voiture. Trois jours de cavale sans toucher à la bouteille, séjour à l'hôtel en bord de mer, châteaux de sable et jeux de ballon sur la plage déserte, bains hors saison et vêtements mouillés, pizzeria midi et soir. Tout allait servir de pièce à conviction pour accuser le père. L'enfant n'avait jamais été aussi heureux.

À l'intérieur du réfrigérateur, tout était soigneusement classé, protégé, étiqueté : rangées de boîtes, pots, bouteilles, tupperwares. La femme de ménage avait bien appris la leçon. Ayant repéré un saucisson entamé, Francesca l'avait jeté sur le plateau avec le beurre, les cornichons et un paquet de pain de mie en tranches qu'elle n'avait pas l'intention de faire griller. Debout devant l'évier, en coupant le saucisson, elle avait ressenti la jouissance de la première barrière enfreinte.

10.

Au moment où Francesca allait presser le bouton de la sonnette, une poigne de fer bloqua sa main. Elle réussit à étouffer un cri. Une voix résonna à son oreille :

– Que faites-vous ici, maître ?

C'était Danilo Bonetti. Elle ne répondit pas tout de suite, elle vérifia d'abord les alentours. Personne. Un relent de frayeur dans la voix, elle lui sourit :

– Vous m'avez fait peur.

– Je vous croyais une femme sans peur.

– J'ai toujours pensé que vous vous trompiez sur les femmes, rétorqua-t-elle.

– Vous aussi. Prenez notre affaire : vous vous êtes acharnée, vous avez eu gain de cause, mais vous avez fait une erreur. Une grossière erreur.

– Je ne veux pas discuter de ça ! En tout cas, pas ici.

– Nous pourrions aller boire quelque chose. Ma femme n'est pas à une demi-heure près.

– Votre ex-femme.

– Comme vous voudrez. Alors, voulez-vous boire quelque chose en ma compagnie ?

– Je ne suis pas venue ici pour boire en votre compagnie.

– Clara vous a-t-elle donné rendez-vous à vous aussi ?

– Et à vous ?

– Elle m'a appelé à mon bureau en fin d'après-midi pour me demander de passer la voir ce soir. Elle avait soi-disant d'importantes révélations à me faire. Je lui ai dit que je n'en avais rien à foutre de ses révélations, que j'en avais eu ma dose. Mais elle a insisté. Elle m'a piégé en me disant qu'il s'agissait de Cecilia. Alors j'ai deviné…

– Qu'avez-vous deviné ?

– C'est simplement arrivé plus vite que je ne pensais. Clara ne veut pas garder Cecilia, elle en est incapable. Elle veut négocier afin que ma mère la reprenne. Si elle s'est battue avec autant d'acharnement pour obtenir la garde, c'est pour me terrasser, moi ! Mais elle a dû se rendre compte que c'est au-dessus de ses forces. Vous avez commis l'erreur, maître, de confondre sa volonté et son désir. Moi, je la connais et je vous dis qu'elle ne peut pas s'occuper de Cecilia. C'est ma mère qui a élevé ma fille jusqu'à présent, et pour la remercier, on la lui a enlevée comme à une voleuse ! Si vous aviez vu son désespoir, quand elle a appris pour la garde !

– Le chagrin de votre mère n'est pas le premier de mes soucis.

– Son chagrin ne durera pas longtemps, se rebiffa Bonetti. Je connais ma femme, pardon, mon ex-femme ! Tôt ou tard, elle me demandera de ramener Cecilia chez sa grand-mère. Je suis même sûr que c'est pour cette raison qu'elle nous a fait venir tous les deux, ce soir. Vous pariez ?

– Ça ne me regarde plus. Vous n'avez qu'à vous arranger entre vous, après tout il s'agit de votre enfant. Moi, j'ai fait mon travail, le reste n'est plus de mon ressort.

Francesca se sentait soulagée. C'était donc pour ça que Clara l'avait fait venir ! Et elle qui s'était imaginé le pire ! Un instant, elle avait craint que Clara ne se suicide ; son passé d'automutilation, ses phrases ambiguës, son absence d'enthousiasme après la victoire… Mais Clara s'était tout bêtement dégonflée ! Bonetti avait raison : elle n'avait pas la force de reprendre sa fille à la maison. Pas tout de suite, en tout cas. Il lui fallait du temps, elle l'avait dit elle-même : le temps d'apprendre à devenir mère.

Bonetti ouvrit la grille avec précaution.

– Ça vous dit de faire un tour dans le jardin ? J'aimerais vous montrer quelque chose.

Elle le suivit. Aucune lumière dans la maison, toutes les chambres donnaient sur l'arrière, côté potager. Bonetti avança en bordure du jardin, s'enfonça dans une petite allée d'arbres fruitiers encore jeunes qui débouchait sur une remise en bois de cinq mètres carrés au plus.

– Qu'est-ce que c'est ? demanda Francesca.

– Ma cabane. Je l'ai construite pour ma fille. Je comptais m'y réfugier un jour pour y fabriquer des maquettes.

– Des maquettes ?

– J'en ai toujours rêvé. Je me suis promis qu'un jour j'apprendrai à travailler le bois pour construire des maisons de poupées pour ma fille…

L'intérieur ne ressemblait pas à un atelier. D'un côté, du matériel de jardinage était amassé pêle-mêle : tuyau d'arrosage, bâche, pioche, fourche, râteau, sarcloir ; de l'autre, une table en bois longeait le mur, envahie de bonsaïs séchés.

– Ils sont tous morts, dit Bonetti. Ma collection… Clara les a laissé crever quand je suis parti.

Francesca s'approcha pour regarder les petits arbustes secs, il l'empoigna avec frénésie. Son parfum libérait des effluves iodés au contact de la peau. Elle faillit lui en demander la marque avant de réaliser qu'elle était en train de s'envoyer en l'air avec l'ex-mari de sa cliente. Elle crut un instant faire marche arrière, s'écarta sans conviction, il l'embrassa avec fougue. Ses tempes étaient prêtes à exploser. Il la déshabilla avec un art consommé, elle n'en revenait pas de cette envie qui l'envahissait de se coller à son corps. Comme dans un miroir, elle se vit en train de poser ses lèvres sur la peau d'un inconnu. Il gémit un moment, puis il renversa du coude les pots de bonsaïs et l'allongea sur la table.

– Je garde les pots, retentit la voix de Bonetti. Je recommencerai ailleurs ma collection.

Il n'avait pas renversé ses bonsaïs, il les avait tous regroupés sur un coin de la table. Il ne l'avait pas empoignée avec frénésie, il avait juste frôlé sa main pour l'inviter à sortir. Et il marchait maintenant dans l'obscurité du jardin sans se douter de l'envie obtuse qui avait envahi Francesca de se sentir de nouveau prise entre les bras d'un homme.

III
LA FUREUR

1.

Elle descendait le perron et venait à leur rencontre. L'enfant dans ses bras posait la tête sur son épaule dans un abandon plus lourd que le sommeil. Danilo et Francesca s'immobilisèrent en bas des marches. Annoncée par un accord de fleurs blanches s'ouvrant sur des notes de bergamote, l'apparition de Clara faisait penser à une déesse surgie de la nuit grâce à un artifice de théâtre. Elle portait une robe de mousseline transparente, imprimée de petites fleurs bleu de cobalt. Elle avançait, pieds nus, la mousseline tremblait au rythme de ses pas. Francesca se demanda comment un homme pouvait se séparer d'une pareille beauté.

– T'es complètement givrée ! l'agressa Bonetti. Tu te crois au mois d'août ?

– N'approche pas ! le menaça Clara. Touche pas à ma fille !

Francesca intervint pour calmer de son mieux les ex-époux. Elle les persuada de regagner l'intérieur de la maison. Clara monta directement à l'étage coucher l'enfant endormie dans ses bras. Maîtrisant mal sa colère, Danilo commença à tourner autour de la table sans se décider à s'asseoir.

Le rez-de-chaussée se divisait en un salon-séjour très spacieux, une grande cuisine et une petite salle de bains. Francesca se laissa choir sur un canapé de velours bleu roi, Bonetti s'empara d'une pomme dans un compotier. Avant d'y mordre, il frotta le fruit sur sa manche. Francesca ne savait que dire, elle se sentait gênée et avait envie de disparaître en laissant le couple s'affronter sans elle. Au plafond pendait un abat-jour en papier irisé à effets moirés, sur le plateau de la table basse un bouquet de pervenches était arrangé dans un vase en cristal sablé.

– Vous êtes témoin, maître ! dit Bonetti. Elle n'a plus toute sa tête !

Francesca s'apprêtait déjà à défendre sa cliente lorsque celle-ci se matérialisa dans l'encadrement de la porte, un grand album dans les mains.

– Il faut que tu regardes ça, déclara-t-elle en posant devant Bonetti l'album à la couverture de soie blanche fermé par un ruban jauni.

– Tu ne m'as quand même pas fait venir jusqu'ici pour feuilleter notre album de mariage !

– Ouvre-le ! répéta Clara.

– Tu es folle ! Je prends ma fille et je me casse !

– Tu ne bouges pas ! hurla Clara en faisant barrage de sa personne.

– Dégage ! lui cria-t-il. Ton parfum me donne envie de dégueuler !

À cet instant, Francesca vit la lame briller dans la main de Clara.

– Assieds-toi ! ordonna sa cliente en brandissant un gros couteau à gigot.

Son regard avait la fixité d'une Judith au bras levé. Sa souffrance était comme refroidie, ses larmes séchées. Elle dessina un cercle dans l'air, posa la pointe du couteau sur la poitrine de son ex-mari.

– Ouvre cet album ! répéta-t-elle.

Puis s'adressant à Francesca :

– Regardez, maître. Y a-t-il couple plus heureux ?

Danilo s'exécuta. Il n'osait plus contrarier son ex-femme et lançait à Francesca des regards affolés.

– Regarde donc cet album ! lui intima Clara.

Francesca fit signe à Danilo d'obéir et prit place à ses côtés.

Sur la première photo, la mariée était de dos, accoudée au parapet en haut du parc Savello. Le photographe avait fait la mise au point sur la ville : au fond, derrière la tache blanche de la robe de mariée, on distinguait, à droite, la Villa Médicis et l'église Trinità dei Monti ; à gauche, la colline du Gianicolo. À la page suivante, la mariée descendait rieuse d'une Mercedes blanche, Piazza Pietro d'Illiria, devant l'église Santa Sabina. Elle portait un bustier bordé de grands pétales de tulle crème et de coton rose sur une double jupe longue en mousseline blanche. Sur une autre photo, Clara, toujours seule, s'appuyait contre le portail de l'église, magnifiquement sculpté. Suivaient les images habituelles de ce genre de reportage, avec portraits de groupe de la famille et des amis endimanchés. Francesca supportait mal la présence de Clara debout, derrière eux ; les doigts de Danilo tremblaient en tournant les pages. Comme une épingle sur un chapeau, à la dernière page, la pointe du couteau vint bloquer le bord de la feuille.

– Tu te rappelles ce que tu m'as chuchoté à l'oreille au moment où le père Andrea a soulevé l'ostensoir et où tout le monde a baissé la tête ?

Bonetti gardait les yeux rivés sur la lame.

– Soyez raisonnable… dit Francesca le plus doucement possible.

– Vous… Ne vous en mêlez pas ! réagit Clara.

– Pourquoi m'avoir fait venir alors ?

– Pour que vous assistiez à la fin de l'histoire.

Et sans attendre la réponse de son ex-mari, elle lui ordonna de tourner la dernière page. Bonetti ne se fit pas prier. Collé au centre du contreplat rigide de l'album, un polaroïd passablement flou montrait une jeune femme allongée sur le carrelage d'une cuisine. À cette vue Bonetti hurla en bondissant de sa chaise. Il poussa Clara contre le mur, renversa un guéridon sur son passage et disparut à l'étage. Un cendrier turquin en verre explosa sur le sol. Francesca regarda la photo et resta pétrifiée.

De longs cheveux noirs épars sur le carrelage, une robe-tunique en coton relevée jusqu'à la taille, des jambes gainées d'un collant noir, la jeune femme gisait par terre dans une énorme flaque de sang. Son visage était défiguré par une moue affreuse, son ventre ouvert en une plaie béante.

2.

Dans son affolement, Francesca s'était précipitée derrière Clara, lancée à la poursuite de son ex-mari. À l'étage, dans la chambre à coucher de Cecilia, Bonetti se tenait debout, près du lit, l'enfant dans les bras.

– Laisse-la ! lui cria Clara.

Puis elle se jeta sur lui et lui enfonça le couteau dans le bras. Bonetti lâcha l'enfant en hurlant de douleur, Cecilia tomba sur le matelas. Se dirigeant vers la commode, il sortit un linge d'un tiroir, s'en entoura le bras blessé. Francesca s'empressa d'aller secourir l'enfant. Constatant qu'elle dormait encore, malgré la chute et les cris, elle lui caressa le visage. Étonnée par son absence de réaction, elle pensa d'abord qu'elle venait de subir un choc, puis elle se mit à craindre la catastrophe. Elle appela alors au secours, supplia le père de composer le 118, de réclamer une ambulance en urgence. Bonetti attrapa sa fille, la serra contre sa poitrine, il répétait son nom inlassablement. Cecilia demeurait inerte. Le père s'entêtait : il s'assit sur le lit, l'embrassa, la caressa, la cajola. Cécilia ne réagissait toujours pas.

– Qu'as-tu fait ? demanda-t-il enfin.

Clara restait muette. Bonetti passa l'enfant à Francesca, agrippa son ex-femme par le cou, la secoua de toutes ses forces, la plaqua contre le mur. Clara n'opposait aucune résistance. Elle semblait presque contente d'être ainsi ballottée, serrée, cognée ; elle s'abandonnait à cette explosion de violence comme si elle l'avait souhaitée depuis longtemps.

– Qu'as-tu fait à ma fille ?

– Tu ne l'auras pas ! répondit Clara.

– C'est ce qu'on verra !

Francesca tentait désespérément de composer le 118 depuis son portable, mais l'angoisse paralysait ses doigts. Immobile dans ses bras, Cecilia gardait les yeux clos. Elle la coucha sous les draps, ajusta la couverture sur son petit corps glacé, colla l'oreille sur sa poitrine. Aucun battement. Elle n'arrivait pas à formuler la phrase : « Cecilia est morte ! » Elle s'accrochait à l'espoir que son retour à la vie dépendait du numéro 118 : de ces trois chiffres qu'elle ne parvenait pas à composer sur le cadran.

S'étant emparé du couteau, Bonetti tenait Clara en respect : il l'avait jetée par terre, ses genoux lui bloquaient les bras.

– Si tu as fait du mal à ma fille, tu es morte !

Clara ne se défendait ni ne se plaignait.

– Que signifie la photo ? demanda Francesca.

– Je ne comprends pas, répondit Bonetti sous le choc. J'ai cru reconnaître une amie…

– Je l'ai saignée, la salope ! hurla Clara. Tu n'as jamais su ce que c'était de souffrir, maintenant tu vas l'apprendre !

– Folle ! Tais-toi !

Bonetti lâcha son ex-femme, quitta la chambre en somnambule. Francesca l'entendit descendre au rez-de-chaussée. Alors elle s'approcha de Clara et l'aida à se relever.

– Qu'est-il arrivé à votre fille ? demanda-t-elle.

– Ce n'est pas votre faute, répondit Clara.

– Vous lui avez administré des somnifères, n'est-ce pas ?

– De petites doses, à plusieurs reprises, dans son biberon. Du lait chaud, très sucré : elle n'a jamais été aussi calme. Je l'ai gardée toute la journée contre ma poitrine, elle avait confiance. Le dernier biberon, elle a eu du mal à le téter, elle n'avait plus la force.

– Elle va se réveiller ! L'ambulance va arriver, le médecin fera le nécessaire, votre petite fille sera sauvée !

– Personne ne sauvera personne, dit Clara.

À cet instant Bonetti déboula dans la chambre et agrippa de nouveau son ex-femme par le cou. Il la jeta une nouvelle fois par terre et lui cogna la tête contre le sol.

– Arrêtez ! le supplia Francesca. Occupez-vous plutôt de votre fille !

– Elle l'a tuée ! cria Bonetti. Elle a tué Valeria !

Francesca ne comprenait pas, elle ne pensait plus qu'au petit corps gisant sur le lit.

Soudain Bonetti desserra sa prise et éclata en sanglots. Clara en profita pour se relever et quitter la chambre. Francesca tremblait de tous ses membres. Tous sens en alerte, elle guettait l'arrivée des secours. Elle n'osait pas avouer ses craintes à Bonetti, elle redoutait sa violence plus encore que la folie de Clara. Et puis elle avait conscience de ne plus maîtriser la situation. Cecilia était certes en danger, mais elle ne pouvait pas être morte ! Une mère ne peut pas ôter la vie qu'elle a donnée !

Clara ne réapparaissant pas, Francesca se faufila à sa recherche dans le couloir. Elle poussa une porte entrouverte d'où s'échappait un triangle de lumière et pénétra dans une pièce d'environ six mètres carrés. Le dressing. Devant un immense miroir, Clara était en train de fixer son chignon à l'aide d'une épingle. Elle s'était changée ! Elle portait une chemise de soie beige sur une jupe d'alpaga marron ; sur ses épaules, un gilet de cachemire ; au cou, un collier de perles ; aux pieds, des escarpins en nubuck. Une garde-robe de star courait le long des murs, une quantité impressionnante de chaussures envahissait le sol, des sacs et des boîtes en carton étiquetées remplissaient les étagères jusqu'au plafond.

– Je suis prête, annonça Clara.

Puis elle murmura :

– Je vous avais dit qu'entre nous c'était à la vie à la mort !

Et elle sortit pour regagner la chambre de Cecilia. Francesca la suivit.

– C'est toi qui as tué ta maîtresse, dit Clara à son ex-mari.

– Folle ! sanglota Bonetti. Tu as tout détruit !

– C'est toi qui as tout détruit en demandant le divorce !

– Va-t'en ! Disparais de ma vue ! J'en ai fini avec toi ! Tu passeras en taule le reste de tes jours !

– Je ne crois pas. Mais si c'était le cas, le souvenir de t'avoir vu souffrir suffira à ma vengeance. À toi, par contre, une vie entière ne suffira pas pour oublier ce qui est arrivé par ta faute !

– Tu ne verras plus jamais Cecilia !

– Toi non plus !

– Moi, si ! Elle grandira à mes côtés et oubliera son monstre de mère. Sa grand-mère l'élèvera.

– Ta mère elle-même ne pourra pas lui redonner la vie ! cria-t-elle.

Francesca eut alors la certitude qu'il n'y avait plus rien à faire. Cecilia était bel et bien morte. Elle ébaucha un geste de pitié vers le père, tenta de l'éloigner du lit. Bonetti ne semblait pas comprendre.

– Ça ne vous suffit pas ? Vous êtes encore de son côté ? Laissez-moi protéger ma fille de cette mère indigne !

– S'il vous plaît, le pria Francesca.

Bonetti la repoussa, s'empara de l'enfant, l'enroula dans la couverture. Puis, soudain, il s'immobilisa.

Il dut deviner que cette léthargie n'était pas normale, il dut sentir quelque rigidité nouvelle dans les petits membres, comprendre la signification de cette peau glacée. Il colla l'oreille sur la poitrine de Cecilia, toucha du doigt son poignet. Son dos était secoué de spasmes, il émit un sanglot rauque, les larmes commencèrent à couler sur son visage et à inonder celui de l'enfant. Finalement il posa sa fille sur le lit, la coucha sous les draps, glissa le petit oreiller sous sa tête. Puis il ramassa le couteau et poignarda Clara.

3.

Francesca ne fut libre de regagner son domicile que vers cinq heures du matin. Une jeune femme inspecteur la raccompagna. Francesca se sentait responsable de ne pas avoir su évaluer la détresse de sa cliente.

– Vous n'y êtes pour rien, maître, lui dit l'inspecteur. Nous faisons notre métier comme nous le pouvons, nous ne sommes pas des missionnaires.

– J'aurais dû comprendre qu'elle devenait dangereuse, j'aurais dû deviner son désespoir. Si j'avais gardé une plus grande distance, elle n'aurait pas obtenu la garde de sa fille. Et la petite serait encore en vie. J'ai été manipulée. Je me suis battue pour obtenir la garde comme s'il s'agissait de mon propre enfant.

Quand les deux femmes se quittèrent, le soleil s'était arraché des nuages.

L'appartement était silencieux. Au fond du couloir, un rai de lumière filait de la porte entrouverte. Paolo dormait, la veilleuse allumée, le journal abandonné sur le tapis. Elle s'approcha du lit, regarda son visage, déplaça une boucle sur son front. Elle avait envie de le rejoindre sous les draps, de se serrer contre lui. C'était une nuit à nulle autre pareille.

Elle avait soif.

Elle traversa de nouveau le couloir, les événements dont elle avait été témoin s'estompaient dans sa mémoire, devenaient presque irréels. Dans la cuisine, tout était parfaitement rangé, Nadia donnait toujours un coup de main quand elle était absente. Vraisemblablement, elle était restée après la fête d'anniversaire et le coucher des enfants.

Fixée sur le réfrigérateur par un aimant, une feuille arrachée d'un cahier ; elle reconnut l'écriture de Paolo. Un instinct d'animal traqué lui suggéra de ne pas lire tout de suite. Elle se servit d'abord un verre d'eau glacée, le liquide descendait dans sa gorge comme une lame.

Puisque je ne peux pas te parler (ce n'est jamais le bon moment ou bien c'est moi qui ne trouve jamais bon le moment), j'ai décidé de t'écrire. Tu as dû deviner, depuis un certain temps, ce qui se passe. Nous avons évité d'affronter le problème, nous ne l'avons pas effacé pour autant. Finalement j'ai arrêté de te reprocher quoi que ce soit. Mieux vaut nous séparer maintenant plutôt qu'attendre d'être les étrangers que nous sommes en train de devenir l'un pour l'autre. Toi aussi tu pourras rencontrer quelqu'un. Moi, je m'installe avec Nadia. J'ai loué un appartement pour nous deux, il y a quatre mois. Il est beaucoup moins grand que celui-ci, mais il nous suffira. Ce n'est pas loin, 43, Via Annia Faustina. Je ne veux pas que mes garçons soient complètement séparés de leur mère. Car il est évident qu'ils viendront vivre avec nous, tu n'as pas le temps de t'en occuper. Et puis je suis sûr que ça t'arrange.

« Quatre mois », se dit Francesca à voix haute.

Puis elle se précipita dans le couloir pour chercher son agenda dans le sac jeté sur le petit fauteuil. Elle tourna les pages fébrilement et remonta quatre mois en arrière. C'était Noël. Elle se souvint de la soirée du réveillon, des cadeaux pour les enfants, du collier de cristal rouge que Paolo lui avait offert. C'était Nadia qui l'avait aidé à le choisir, lui avait-il dit.

La maîtresse qui choisit le collier pour l'épouse : son cas n'était que des plus banals, elle était bien placée pour le savoir. Ces petites perversités étaient monnaie courante chez les couples qui venaient la consulter pour entamer une procédure de divorce.

La douleur lui serra la poitrine. Elle étouffait. Elle posa la main sur son cou. Ce jour-là, elle ne portait pas de collier.

4.

Francesca retourna dans la chambre. Sans faire de bruit, elle ouvrit son tiroir à bijoux. La boîte était là, entourée par un foulard épais. Elle avait appartenu à son père. Le placard s'éclairait à l'ouverture de la porte, elle n'eut aucun mal à décrocher sa robe noire en stretch à coutures apparentes et son cabas en agneau verni. Elle prit aussi un collant voile et les escarpins en croco qu'elle mettait à l'occasion de dîners mondains. Elle referma la porte de la chambre sans jamais regarder du côté du lit.

Dans la cuisine, elle avala les restes froids de la fête de Tiziano : minisaucisses, petits-fours, plat de cannelloni, poulet grillé, pommes de terre au four, beignets à la crème, *crostata* à la confiture de griottes et gâteau d'anniversaire aux fraises. Non rassasiée, ogresse livrée à sa nature, elle alla chercher dans le cellier du saucisson, de la mortadelle, une nouvelle miche de pain et arrosa son repas de canettes de Coca light. Elle vomit directement dans la poubelle.

Ce fut long et douloureux. Elle se rinçait la bouche, puis elle enfonçait ses deux doigts au plus profond de sa gorge, ce qui provoquait de nouveaux haut-le-cœur et des contractions qui lui arrachaient des gémissements. Finalement, elle prit une douche, s'habilla et quitta l'appartement. Dans le miroir de l'ascenseur, le collier de cristal lui renvoyait ses reflets rouges.

Il n'était pas huit heures. La circulation était rare, une légère clarté perçait le ciel. Elle ne sentait plus ses pieds. Les escarpins ne sont conçus ni pour le froid ni pour la marche. Sa cheville la faisait souffrir, elle dut s'arrêter. Dans le bar du Parco della Resistenza, tout en bas du Viale della Piramide Cestia, le patron fut surpris de la voir.

– Déjà debout, maître ? Un dimanche ?

Elle commanda un cappuccino avec beaucoup de mousse.

Dans l'immeuble années cinquante, la concierge lavait les escaliers à grande eau. Elle se renseigna sur l'étage en sortant sa carte d'avocate. Mademoiselle Traversi habitait le deuxième gauche. La sonnette retentit plusieurs fois avant que Nadia ne se décide à lui ouvrir. Le temps de regarder à travers le judas, la surprise avait disparu de son visage.

– Madame ! fit-elle mine de s'étonner. Si je m'attendais... Il n'est pas arrivé un malheur au moins ?

– Aucun malheur, répondit Francesca.

C'était un appartement moderne modestement équipé. Plusieurs meubles Ikea dans le salon : un canapé en coton orange, pieds en métal laqué, un fauteuil en cuir rouge, une table roulante vert olive, deux tables gigognes, trois tours range-CD plaquées bouleau, une lampe en acier nickelé avec abat-jour en coton rayé. Au mur une grande affiche : Isabella Rossellini dans *Blue Velvet*. Entre fauteuil et canapé, seul objet de valeur au milieu de cette pacotille, trônait le lampadaire-oiseau en parchemin de Cadma. Le même que Paolo lui avait offert pour la naissance de Tiziano. Non, pas le même, un autre. Sur le sien, Paolo avait fait inscrire un vers de Pétrarque sur le socle :

Gli occhi di ch'io parlai si caldumente[3]

– Je vous offre un café ? proposa Nadia.

3. Les yeux de celle dont je parlai si chaudement (Pétrarque, *Canzoniere, Rime in morte di Madonna Laura*, CCXCII).

Il y avait une assurance nouvelle dans sa voix, elle devinait les raisons de cette visite matinale.

– Je vous ai réveillée ? demanda Francesca.

– J'avoue que je m'attendais un peu à votre visite, mais j'étais loin d'imaginer que vous viendriez d'aussi bonne heure !

Elle souriait. Le sourire du gagnant. Détruire ainsi la vie de Francesca ne lui arrachait qu'un tout petit sourire. *Mors tua, vita mea.*

Tandis que Nadia préparait le café, Francesca s'approcha du lampadaire pour lire l'inscription sur le socle. Il y avait trois vers :

Gli occhi di ch'io parlai si caldamente
e le braccia, e le mani, e i piedi e 'l viso,
che m'avean si da me stesso diviso[4]

Comptabilité cruelle : trois vers pour la maîtresse, un seul pour l'épouse.

– Vous êtes venue me parler de Paolo, n'est-ce pas ? demanda Nadia en revenant dans le salon, les mains encombrées d'un plateau.

4. Les yeux de celle dont je parlai si chaudement / et les bras, et les mains, et les pieds, et le visage / qui m'avaient de moi-même à ce point séparé (*Ibidem. Rime in morte di Madonna Laura*, CCXCII).

– Je suis venue vous parler de vous.

– De moi ?

Elle portait une nuisette courte en satin beige sur une culotte en dentelle fine. Ses cuisses nues, musclées, semblaient gainées de soie.

– Vous ne pourriez pas vous habiller ? demanda Francesca.

– Et puis quoi encore ? se rebiffa Nadia. Je suis chez moi ! Vous me sortez du lit et vous voudriez en plus que je vous reçoive habillée et maquillée ?

« Mais elle *est* maquillée ! » se dit Francesca. Peau luisante, paupières colorées, prunelle brûlante, lèvres pulpeuses, mains de dragueuse : Nadia ne ressemblait plus à la jeune puéricultrice qu'elle avait embauchée un an auparavant pour garder ses enfants.

– Paolo vous a-t-il parlé ?

– Oui, mentit Francesca.

– Il m'a dit que vous étiez trop intelligente pour ne pas saisir la situation. Il est sûr que vous vous doutiez de la chose depuis longtemps. Pour les enfants, vous pouvez dormir tranquille : ils m'adorent !

– De quoi parlez-vous ? Du fait que mon mari couche avec vous ? Non, je ne m'en doutais pas. Paolo a couché avec toutes ses étudiantes, mais je ne savais pas qu'il faisait aussi dans la bonniche.

– Je ne suis pas une bonniche !

– Vous êtes quoi alors ? Vous ne savez pas que Paolo a quand même besoin d'un minimum de conversation, après ses parties de jambes en l'air ? Vous croyez l'intéresser avec vos potions de psychologie enfantine ? Je ne vous donne pas trois mois pour qu'il soit lassé de vous ! Avant l'été, il me sera revenu…

– C'est ce qu'on verra !

– Quant à mes enfants, continua Francesca, vous croyez vraiment que je vais vous les laisser avec ma bénédiction ?

Nadia se raidit : elle n'avait pas prévu cette réaction.

– Paolo m'a pourtant assurée que vous ne lèveriez pas le petit doigt pour les garder…

– Paolo est un imbécile !

– Remarquez, personnellement je m'en fous ! Si vous voulez garder vos mômes, gardez-les ! Je ne tiens pas spécialement, *à mon âge*, à me charger de deux gosses ! C'est Paolo qui y tient…

Nadia sortit une cigarette du paquet posé sur la table basse, l'alluma, but une gorgée de café. Une petite marque de rouge à lèvres s'étala sur la tasse blanche.

– Je ne supporte pas la fumée, dit Francesca.

– Mais je m'en fous ! Je suis chez moi !

– C'est mon mari qui paie le loyer de cet appartement.

– Ce n'est plus votre mari depuis un bail. C'est lui-même qui me l'a dit ! Paolo et moi, c'est pareil : vous ne l'avez pas encore compris ? Il s'installe ici avec moi, que ça vous plaise ou non !

– Vous ne l'aurez pas ! Et mes enfants non plus !

– Vos enfants, vous pouvez vous les garder ! Mais Paolo est à moi, et depuis un bon bout de temps ! Savez-vous seulement quand nous avons couché ensemble la première fois ?

Francesca s'immobilisa.

– Dès le premier jour ! Je suis arrivée chez vous une heure avant la sortie de l'école, Paolo m'avait appelée pour me demander de passer chercher le goûter des enfants. Je savais que c'était une excuse. Il m'a renversée sur le lit avant même que je puisse dire bonjour.

Francesca restait toujours immobile. Nadia n'arrêtait pas de croiser et décroiser ses jambes, les poils de son pubis s'échappaient de la culotte en dentelle.

– Il m'a tout raconté tout de suite : que vous ne couchiez plus ensemble, que le sexe avec vous, ça n'avait jamais été ça !

À présent Francesca ne respirait plus, son souffle s'était arrêté net au fond de sa gorge. Elle se sentait plonger dans un puits de plus en plus étroit, un entonnoir visqueux qui allait se rétrécissant. « Je suis en train de mourir, pensa-t-elle, cette disparition de l'air annonce ma mort mieux que toute douleur. »

– C'est même pas la peine de vous battre, continua Nadia. Paolo est sûr d'avoir la garde, il a déjà consulté…

« Il a déjà consulté. » Le complot à son insu, la trame ourdie à ses dépens. Francesca ouvrit son sac, en sortit le 357 Magnum qui avait appartenu à son père et le plaqua contre la gorge de Nadia. Petit moineau effrayé, le cœur de la maîtresse s'affolait entre les doigts en tenaille de l'épouse. La joie de capturer enfin sa proie. La jouissance de tenir son ennemie en respect. Le goût de la vengeance qui vous embrase le cerveau. « Tuer, ce n'est rien, comparé à cet instant de bonheur absolu ! » pensa Francesca.

– Vous ne parlez plus, ma petite Nadia ? Allez ! Courage ! Racontez-moi comment mon mari vous a baisée dès le premier jour !

La fille laissa tomber sa cigarette sur le tapis, un trou noir se forma dans les poils synthétiques.

– Faites attention ! la nargua Francesca. Vous allez bousiller votre nid d'amour !

Sa peau était toujours luisante, mais de sueur. Le halo sur les paupières s'était assombri, la prunelle brûlait encore, mais de terreur. Le gloss dégoulinait des lèvres et les mains… Ah, les mains ! Elles ne savaient plus où se tenir, les mains ! Elles agrippaient l'accoudoir, suppliaient…

– Lève-toi ! lui ordonna Francesca.

Nadia claquait des dents, elle n'avait jamais vu un flingue d'aussi près ! Elle essaya de crier, mais ses cordes vocales s'étaient soudainement raidies ; elle ébaucha un mouvement, mais ses membres ne lui obéissaient plus. La maigre panoplie des scénarios possibles lui suggéra l'immobilité comme seule issue.

– Lève-toi ! répéta Francesca.

Et de lui enfiler le canon dans la bouche.

Nadia sentit le liquide chaud couler le long de ses cuisses, des taches se formèrent sur le siège.

– Mais il vous faut une couche, ma petite Nadia ! s'esclaffa Francesca. Allez, hop ! ajouta-t-elle en la sortant du fauteuil.

Incapable de tenir debout, la fille se laissa choir de tout son poids sur le tapis et commença à geindre.

Elle tremblait en marmonnant :

– Pitié, ne me tuez pas ! Ce n'est pas ma faute !

Francesca lui enfonça le talon de son escarpin au beau milieu de la main et appuya jusqu'à en faire jaillir le sang. Nadia poussa un hurlement de douleur ; Francesca pressa un coussin sur son visage. Et comme elle commençait à gigoter dans tous les sens, Francesca la chevaucha pour arrêter ses contorsions. La bataille fut courte ; elle garda sa position de conquérante bien plus longtemps que nécessaire. Quand elle se releva, le monde vacilla un instant sous ses yeux.

Avant de quitter l'appartement, elle enroula le tapis autour du corps, le fit glisser jusqu'à la chambre, puis le poussa sous le lit de plusieurs coups de pied.

5.

En descendant le Viale della Piramide Cestia, seul le bruit de ses pas sur la chaussée ponctuait le silence. La ville ne se réveillait pas en ce dimanche pluvieux. Même les autocars de touristes tardaient à remonter vers le Colisée. Francesca avançait lentement sous la bruine.

Quand elle aperçut au loin la pointe blanche de la pyramide de Caïus Caestus, des larmes commencèrent à couler le long de ses joues. Elle aussi, comme Ovide, reverrait un jour du fond obscur de sa prison l'image triste de cette nuit où elle avait quitté tant de choses qui lui étaient chères. *Sperare sepulcrum*[5], se dit-elle sans essuyer ses larmes.

Le silence qui l'entourait comme un nuage ne la lâcha pas, une fois rentrée à la maison. Elle allait se

5. Espérer un tombeau (Ovide, *Tristia*, I,2, v. 55).

préparer un café dans la cuisine lorsqu'elle aperçut Paolo au fond du couloir.

– C'est maintenant que tu rentres ? demanda-t-il, les yeux rivés au collier de cristal rouge.

– Tu veux un café ? proposa Francesca.

– Tu as lu la lettre ?

– Quelle lettre ?

– Laisse tomber. Viens dans le salon, j'ai à te parler.

– Ça ne peut pas attendre ?

– Mieux vaut parler avant que les enfants ne soient réveillés.

Ils entrèrent ensemble dans le salon où depuis longtemps ils ne s'étaient pas retrouvés tout seuls.

– Qu'as-tu d'aussi important à me dire ?

Francesca s'était approchée de la fenêtre et lui tournait le dos. Comme il gardait le silence, elle se retourna, le regarda droit dans les yeux. Il était gêné.

– J'ai lu la lettre, dit-elle.

– Finissons-en alors avec cette comédie !

– Ce serait plutôt une tragédie.

– Est-ce que tu es d'accord pour les enfants ?

– Je ne suis d'accord pour rien : ni pour les enfants ni pour l'issue que tu veux donner à notre histoire. Comment as-tu pu me faire ça, *à moi* ? Ça ne t'a pas suffi de coucher avec tes étudiantes, il fallait que tu passes aux bonnes…

– Nadia n'est pas une bonne.

– Et qu'est-ce qu'elle est donc pour que tu décides de l'installer à ma place ? À la place qui est *la mienne* auprès des enfants ? De *mes* enfants ?

– Je vois que tu le prends mal…

– Et comment devrais-je le prendre ? Je devrais peut-être me mettre de côté en te donnant ma bénédiction ? « Vas-y, mon chéri ! Sois heureux ! Et surtout prend soin de mes enfants ! »

– Il est un peu tard pour te rappeler que ce sont tes enfants…

– Qu'est-ce qui t'autorise à croire que je l'ai oublié ? Et quand est-ce que je l'aurais oublié ?

– Quand tu as oublié aussi que tu avais un mari.

– Et toi ? Tu n'as peut-être pas oublié le premier que tu avais une femme ?

– Assez ! Ce qui est fait est fait ! J'osais espérer que tu te montrerais plus raisonnable. Mais si tu veux la guerre, tu l'auras ! Ce n'est pas parce que tu es la meilleure avocate de Rome en matière de divorce que je vais me laisser écraser !

– Je ne veux d'aucune guerre, chuchota-t-elle si bas qu'il ne put l'entendre.

– J'ai décidé de vivre avec Nadia, tu ne m'en empêcheras pas ! Et j'emmènerai avec moi Jacopo et Tiziano !

– Tu as disposé d'une liberté absolue, ça ne t'a pas suffi…

– Qu'est-ce qui te fait croire que j'en voulais, de cette liberté ?

– Salaud ! s'emporta alors Francesca. Salaud et lâche ! Pendant des années, je me suis imposé le silence sur tes histoires de cul, pendant des années, je me suis obligée à respecter ta putain de liberté, et maintenant tu oses affirmer que tu n'en voulais pas, de cette liberté ?

– Tu ne comprends rien aux hommes !

– Et qu'est-ce que tu comprends aux femmes ?

– Je comprends qu'une vraie femme n'accepterait jamais que son mari couche avec d'autres !

– Salaud ! hurla de nouveau Francesca en se jetant sur lui.

Ils luttèrent avec acharnement sur le sofa de Charles Pfister, acheté ensemble dix ans auparavant : lui, essayant de maîtriser cette colère qui se déchaînait ; elle, tâchant de garder intacte la haine qui dictait ses gestes. Car, par instants, elle était si lasse de sa propre rage qu'elle se surprenait à désirer qu'il la prenne dans ses bras et la serre jusqu'à lui faire oublier cette nuit horrible.

– Je me tire, dit finalement Paolo en la rejetant violemment sur le sofa.

Ce n'est que lorsqu'elle entendit la porte claquer et l'ascenseur monter, puis redescendre, qu'elle laissa ses larmes couler à flots.

6.

Jacopo et Tiziano sautaient de joie, couraient partout, poussaient de petits cris à chaque nouvelle surprise qu'ils découvraient. Francesca avait tiré les rideaux, allumé le lustre en verre de Murano et dressé la table comme à Noël. Elle avait passé l'heure précédant leur réveil à sortir d'une caisse entreposée dans un coin de son bureau les jouets de son enfance, en particulier des Lego des années soixante-dix qui émerveillèrent les enfants. Francesca les laissa jouer tout seuls, elle n'avait pas beaucoup de temps. Elle avait caché le corps de Nadia sous le lit, elle avait tout rangé avant de quitter l'appartement, mais Paolo ne manquerait pas de trouver bizarre que sa maîtresse soit partie de chez elle à une heure aussi matinale. Un dimanche, de surcroît. Et il ne tarderait pas à remarquer l'absence du tapis dans le salon.

Francesca souffrait d'insomnie depuis des années, les somnifères ne manquaient pas dans le tiroir de sa table de nuit. Elle prépara un petit déjeuner de fête, bonbons et gâteaux à la pelle. Les enfants eurent le droit de se resservir plusieurs fois, ils ne se firent pas prier. Ils s'écroulèrent ensuite sur le sofa, le programme de dessins animés du dimanche matin venait tout juste de commencer.

Elle les déshabilla précautionneusement, plia leurs pyjamas, leur passa les chemises blanches qu'ils avaient mises à Noël. Elle les porta dans ses bras jusqu'à sa chambre, d'abord l'un, puis l'autre, et les coucha dans le lit conjugal. Elle resta un long moment à leur côté dans l'obscurité.

Elle ne prit l'oreiller que lorsqu'elle entendit l'ascenseur monter les étages. Alors elle le pressa de toutes ses forces sur leurs visages, d'abord sur l'un, puis sur l'autre. Ses mains obéissaient à la résolution qu'elle avait prise, un sentiment atroce la terrassait.

Épuisée, elle se laissa tomber sur les deux petits corps immobiles. Paolo sonna plusieurs fois, puis commença à frapper à la porte avec violence. Ses coups de poing résonnaient dans l'appartement. Francesca ne parvenait pas à se relever. Elle pensa à une cachette, un lieu sûr pour s'abriter avant que la furie de son mari ne s'abatte sur elle. Il lui fallait encore un peu de temps, le temps de sortir de la chambre et de se réfugier dans le placard, au bout du couloir. Elle réclamait un dernier délai avant la fin de l'histoire.

Mais il lui était impossible de s'arracher de ses enfants. Puis, soudain, elle eut l'impression que ses bras n'étreignaient plus les deux petits corps sans vie. Elle se releva affolée. Ses petits garçons n'étaient plus là, allongés sur le lit ; ils se tenaient debout sur le pas de la porte et la fixaient en hurlant :

Où fuir les mains de ma mère[6] *?*

6. Euripide, *Médée.*

The broken flower drooped over [...]
fist and his eyes were empty and blue and serene again as
cornice and facade smoothly once more.

William Faulkner,
The Sound and The Fury, 1929

Neuf étages de vie, ce n'est pas si mal. Je n'ai pas mal. Si je continue à me parler, je n'aurai pas peur. Si je retrouve la mélodie, je chanterai à jamais au chevet de mes enfants. Leurs boucles sont parfumées comme la fleur blanche du jasmin que je serre dans ma main ; je ne la lâcherai pas. Je ne dois pas pleurer, je n'ai plus de souvenirs. Les souvenirs sont tous pour lui, ils rempliront sa vie des flammes de l'enfer. C'est cela que j'ai voulu accomplir, un geste mémorable pour ne pas sortir de sa mémoire. Nous ne sortirons pas de sa mémoire, ni mes enfants ni moi.

J'ai retrouvé la mélodie de Muse, elle me revient en boucle, mon visage est inondé de larmes. Ce ne sont pas des larmes, c'est la pluie qui pénètre dans mes yeux. Je vais les ouvrir encore plus grand. Si je chante, je ne penserai pas à l'instant où la fleur blanche du jasmin explosera sur le trottoir du *lungotevere* mouillé.

You could be my unintended
Choice to live my life extended
You should be the one I'll always love
I'll be there as soon as I can
But I'm busy mending broken pieces
of the life I had before
Before you.

POSTFACE

par Aldo Naouri

Quand la tragédie se met en marche, l'horreur, quoi qu'on fasse, sera toujours au rendez-vous. Francesca sombre, tout comme Clara qu'elle croyait avoir tiré d'affaire, jusqu'à ce que son mari se fasse lui-même justice. Et nous ne pouvons qu'être révulsés d'avoir à connaître des événements aussi atroces. C'est que trône, au fond de notre être, suprême et secourable, l'image inaltérable de notre mère. Une image de laquelle nous n'avons accepté de nous éloigner qu'en la renvoyant à une universalité destinée à en alléger le poids.

En rester là, c'est occulter obstinément cette étape des tout premiers temps de la vie où, prenant acte de ses bonnes grâces et de notre prématuration, nous avions déjà compris qu'elle avait sur nous pouvoir de vie ou de mort.

Les Médées existent. Nous refusons d'en convenir. Elles existent cependant quand les prétoires les jugent et il n'en manque pas. Mais elles sont parfois aussi d'innocentes criminelles qui laissent les corps survivre en les privant du reste. « J'ai quatre-vingt deux ans, me déclare cette vieille dame, je n'ai jamais quitté ma mère, je me suis consacrée à elle. Elle est morte dans mes bras, l'an dernier, à cent trois ans. Je n'ai jamais travaillé, je n'ai pas connu d'hommes, je n'ai pas eu d'amies. Je n'ai rien fait de ma vie. Elle était tout pour moi, j'étais tout pour elle. Elle est morte, moi je suis vivante, mais je ne sais pas quoi faire de mes jours. Je me dis que j'aurais dû mourir en même temps qu'elle. » « Mon mari me refuse obstinément une nouvelle grossesse qui m'aurait peut-être permis d'avoir une fille, me déclare cette femme encore jeune. J'ai peur que mes garçons (onze, neuf et six ans), faute d'avoir eu une sœur, ne soient plus tard intimidés par le corps des femmes. Alors j'ai décidé, voilà déjà plusieurs mois, de les aider à démystifier ce corps : je les fais assister régulièrement au change de mes tampons menstruels. »

Quand on fait état de conduites aussi monstrueuses, on s'entend toujours accuser de vouloir ternir l'image de la bonne mère universelle. C'est que les mères, aujourd'hui, sont accablées plus qu'elles ne l'ont jamais été par le poids de leurs responsabilités !

On n'a pas cessé d'encenser leurs exploits et les effets de la communication immédiate et fiable qu'elles ont le pouvoir naturel d'établir avec leur enfant. On leur a cependant joué un bien vilain tour en ne soutenant plus le pouvoir régulateur dont les sociétés avaient depuis toujours doté leurs compagnons. Et il est là, lui, ce compagnon qu'on a destitué, à se chercher une place, allant même parfois jusqu'à jouer sur tous les tableaux, prenant autant en charge les enfants qu'assouvissant sans remords ses pulsions de mâle.

Gilda Piersanti, dont on a pu vérifier qu'elle manie avec talent l'écriture du roman policier, nous conte avec le même art deux histoires en miroir. Est-ce pour nous dire que la folie meurtrière est contagieuse ? Ou pour nous laisser abasourdis devant la manière dont l'histoire, qui échoit à chacun, peut se jouer des censures et verser dans le tragique ? Est-ce pour attirer notre attention sur l'étroite conjonction qui, nouant en chaque femme le féminin et le maternel, peut faire verser sans avertissement de la béatitude à l'horreur ?

L'économie d'une écriture serrée et d'un rythme haletant refuse de donner la clé ou de désigner un coupable. Comme s'il n'y en avait pas, ou que nous l'étions tous !

DU MÊME AUTEUR

L'Inconnu du Paris-Rome, collection Polarchives, Le Passage, 2003

Rouge abattoir, Le Passage, 2003

Vert Palatino, Le Passage, 2005 (Prix Polar dans la ville 2006)

Retrouvez Gilda Piersanti
sur son site internet :
www.gildapiersanti.new.fr

Achevé d'imprimer
sur les presses de l'imprimerie
France Quercy à Cahors en novembre 2005

Dépôt légal : janvier 2006

Numéro d'imprimeur : 52929

ISBN : 2-84742-082-7

Imprimé en France